**인성**아, 어디 갔니?

# 인성아, 어디 갔니?

서재홍 지음

인성 교육을 위한 마음 수업

재밌는권쪽

일러
두기

인성교육진흥법이 지난 2014년 12월 29일에 국회를 통과했다.
인성 교육을 의무로 규정한 세계 최초의 법이다.
그리고 2015년 1월 20일에 공포됨에 따라 6개월 후인 7월 21일부터 시행되었다.
이 법안에 따라 2015년 7월부터 국가와 지방자치단체, 학교에 인성 교육 의무가 부여되었다.
전국의 초·중·고교는 매년 초 인성 교육 계획을 교육감에게 보고하고
인성에 바탕을 둔 교육 과정을 운영해야 한다.
아울러 교사는 인성 교육 연수를 의무적으로 받아야 하고,
사범대·교대 등 교원 양성기관은 인성 교육 역량을 강화하기 위한 필수 과목을 개설해야 한다.

# 이젠 인성이를 챙겨야 할 때

지금 세상은 상상 못할 정도로 빠르게 변화하고 있다. 그래서 미래는 기회인 동시에 위기이다. 이 세상에 위기가 없을 때는 단 한번도 없었다. 위기로만 생각한 사람은 움츠려들고 안정된 삶을 추구하다가 어려운 인생의 길을 가는 사람도 있다. 반면에 기회로 생각한 사람은 자신의 열정과 도전으로 세상을 바꾸는 계기로 삼은 사람도 있다.

하지만 무엇보다도 인생에서 중요한 것은 인성이다. 대부분의 사람들이 인생에서 가장 바라는 성공 역시 나는 좋은 인성을 가진 사람이 진정으로 차지할 수 있다고 생각한다. 우리나라의 근현대사는 너무 많은 굴곡이 있었다. 그래서 그동안 오로지 앞으로, 앞으로만 외쳤던 것 같다. 이제라도 우리가 한동안 챙기지 못했던 인성 교육을 법률(2014년 12월 국회를 통과한 인성교육진흥법)이라도 만들어 더 보듬어 안을 수 있는 계기가 생긴 건 어쨌거나 잘된 일이다.

인간의 유전자는 한 사람도 같은 사람이 없다. 이 말은 나는 너와 다르고, 똑같은 생각과 방법으로 살 수 없다는 이야기이다. 남과 다른 나를 알고 남과 다른 나를 발견하는 것, 또 자신의 삶에 의미와 가치를 부여하며 자신의 가능성과 미래에 집중하는 것이 참다운 인생의 모습이라고 생각한다. 이것이 인성이며 인격이다.

인격은 나이를 먹는다고 자동적으로 생기는 것이 아니라 수양을 해야 한다. 배우고 익히며 터득해 가야 하는 것이 인격이다. 비타민이 우리 몸에서 자체적으로 만들어지지 않기 때문에 우리가 비타민을 섭취해야 하는 것처럼 인격도 마찬가지이다. 내가 만들지 않으면 절대 스스로 생성되지 않는 것이다. 자신의 삶을 소중히 여기는 자존감은 자신뿐만이 아니라 타인의 삶과 행복도 존중하고 인정하며 배려하는 것으로 연결된다. 그리고 공감과 소통을 통해 함께 살아가는 공동체를 이뤄가는 것이 아름다운 삶을 설계하는 것이다. 이런 모습이 진정 행복한 삶이며 인격적으로 존경받는 인생이 되는 것이다.

# 아름다운 도전의 삶으로 연결되는 만남

지금 대한민국은 고학력과 첨단기술, 그리고 경제성장으로 풍요로우며 누구에게나 기회의 나라이다. 그러나 우리는 많은 지식을 습득하고 좋은 대학에 입학하고 좋은 직장에 들어가면 성공의 길목을 지나갔다고 생각했다. 그러나 돈은 많이 가졌지만 도덕성이 문제인 부자가 많고, 지식은 충만하지만 사회에서 받아주지 않는 쓰레기 지식이 넘쳐나고 있다.

학생들은 좋은 대학을 꿈꾸고 대학생을 부러워하지만, 대학생은 직장인을 부러워하고, 직장인은 경쟁에서 살아남기 위해 몸부림치고 있다. 이런 병리현상은 수많은 낙오자를 만들고 패배주의를 양산하고 인생을 포기하는 결과로 이어진다. 결국 이러한 현상은 사회적 문제가 된다.

자신밖에 모르는 개인주의는 사회적 부패를 낳고, 인간으로 도저히 상상할 수 없는 사건과 사고로 이어져 충격을 주고 있다. 이런 심각성을 해결하고자 대한민국은 2017년부터 인성을 평가하는 새로운 대안을 제시하게 되었다. 사람 됨됨이를 평가하고 제대로 인성을 갖춘 사람을 선발해야 한다는 절실함이 반영된 결과이다.

그러나 인성 교육을 현장에서 지도하며 배운다고 인성이 올바르게 성장한다는 어리석은 생각은 버려야 한다. 중요한 것은 인간 본연의 모습과 가능성, 그리고 삶의 태도를 바르게 알고 자신을 투영하는 다양한 방법을 스스로 찾아내야 하는 것이다. 그 다음에 함께 공감대를 연결하는 것이 중요하다. 이러한 사회적 인식과 교육일선의 노력과 더불어 본을 보이는 멘토들의 헌신 속에서 인성 교육의 성패가 달려 있다고 볼 수 있다.

이 책은 오랜 기간 교직에 몸을 담고 제자들과 함께 소통하고 공감하면서 깨달은 삶의 소중한 가치를 나누기 위해서 집필되었다. 그 가치를 체득하고 공유하며 지금도 배워가는 교사로서 지식 전달자가 아닌 인생의 안내자로 살고 싶은 간절한 마음으로 이 책을 썼다. 학생들과 부모, 그리고 교사, 사회 본이 되어야 할 어른들이 고민하는 계기를 주고자 이 책을 세상에 내놓기로 했다. 이 책을 통하여 학생은 인생을 새롭게 설계하고, 젊은이는 인생의 목표에 대한 방향을 수정하고, 어른들은 새로운 꿈을 만드는 시작점이 되었으면 한다.

누구나 궁극적인 삶의 목표는 행복이다. 지금 행복하지 않은 인생은 나중에도 행복할 수 없다. 하지만 현재 대한민국은 행복하지 않은 학생과 교사, 그리고 부모들로 가득하다. 왜 그럴까. 그것은 꿈과 희망을 설계하고 이루어가는 삶이 아닌 사회가 제시한 기준과 제도에 부합되는 삶을 추구하기 때문은 아닐까.

모두가 행복하며 가장 중요한 삶의 방향과 본질을 이 책을 통하여 알아가길 바란다. 삶의 기둥인 참모습, 자신의 무한한 에너지를 발견하게 되길 기원한다. 또 긍정적 태도로 인생의 바람직한 방향과 해법을 찾아가는 토대가 되길 소원한다. 이 책으로 어느 누구라도 새로운 계기와 기회, 그리고 꿈을 향한 아름다운 도전의 삶으로 연결되는 소중한 만남이 되었으면 한다.

2015년 9월, 성남에서
서재흥

# Contents

**작가의 말** 이젠 인성이를 챙겨야 할 때    005

# Part 1
## 인성아, 지금 어디야?

1강    나는 오리일까, 백조일까    018

2강    도도새가 되지 않는 방법은 뭘까    022

3강    나는 어떠한 인생을 살 것인가    027

4강    삶의 철학은 인생이라는 바다의 나침반이다    031

5강    '열려라, 참깨!' 주문을 외워 보자    035

6강    침대에서는 아무것도 할 수 없다    039

7강    산에 갈 사람이 바닷가 갈 준비물을 챙기는 것은 어리석다    046

8강    가장 중요한 것을 얻기 위해서는 나머지를 버릴 수 있어야 한다    051

9강    자식은 어버이의 싹수다    056

10강    이젠 나잇값이 아니라 존재 값이다    062

# Part 2
## 인성아, 넘어지면 안돼

11강   흡혈 박쥐도 굶주려 있는 동료에게 피를 나누어 준다   070

12강   말 한 마디에 가는 길이 달라진다   076

13강   오늘은 어제 죽어간 이가 그토록 원했던 내일이다   081

14강   생각을 바꾸면 행동이 바뀐다   086

15강   습관이 인생을 결정짓는다   090

16강   사람은 성장하고 있거나 썩어가고 있거나 둘 중 하나다   100

17강   완벽한 조건, 최상의 상태를 꿈꾸지 마라   105

18강   인생은 예행연습이 없다   111

19강   행복의 열쇠, 멘토를 만나라   117

20강   오늘보다 내일이 더 좋은 일이 많을 거야   121

# Part 3
## 인성아, 구름을 벗어나

**21강** 인생은 눈앞에 보이는 것만이 전부가 아니다    130

**22강** 짝퉁으로는 일류가 될 수 없다    135

**23강** 인생도 카이로스의 에너지가 필요하다    140

**24강** 모든 일에는 반드시 징후가 있다    145

**25강** 무언가를 얻으려면 제대로 미쳐라    149

**26강** 반대로 가는 것이 옳을 수도 있다    153

**27강** 구름 속에 가려진 태양을 볼 수 있어야 한다    160

**28강** 씨앗만 좋으면 언제든지 기회는 생긴다    164

**29강** 연습은 실전같이, 실전은 연습같이 하라    168

**30강** 미래를 읽어라    173

# Part 4
## 인성아, 행복을 부탁해

**31강** 많은 사람들을 기쁘게 하는 것이 진정한 성공이다     **182**

**32강** 99번의 실패가 성공을 만드는 열쇠이다     **186**

**33강** 타고난 기질대로 직업을 선택하라     **191**

**34강** 망상이 아니라 꿈을 꾸어라     **196**

**35강** 배운다는 것은 꿀처럼 달콤하다     **201**

**36강** 모든 사람은 본성상 알고 싶어 한다     **208**

**37강** 인생이란 공부하는 것이다     **212**

**38강** 세상이 나를 선택하게 하지 말고 내가 세상을 선택하게 하라     **217**

**39강** '꿈'이라고 쓰고 '행동'이라고 읽는다     **222**

**40강** 행복한 사람들의 특징은 무엇일까     **226**

인품이란 일종의 습관이다.

– 아인슈타인

Personality

# Part 1

---

## 인성아, 지금 어디야?

그림을 그리는 일은 흰 종이를 마련한 뒤에 가능하다.
사람은 먼저 기본적인 인성이 갖추어져야
다른 일도 할 수 있는 것이다.

- 공자

## 1강

# 나는 오리일까, 백조일까

**오늘의 인성 메시지**

'여기까지'라는 한계의 스위치를 끄고,
지금 당장 긍정의 스위치를 켜라.

세계명작동화 안데르센의 미운 오리 새끼 이야기가 있다. 백조 새끼가 오리 새끼와 섞여 자라면서 오리의 행동 습성을 그대로 살아간다. 그러나 자신의 모습이 오리와 닮지 않아서 다른 오리들에게 무시당하고 그 일로 힘들어 한다. '나는 왜 이렇게 태어났을까' 미운 오리 새끼는 자신이 오리답지 못한 것을 늘 한탄하며 하늘을 원망한다. 그리고 이렇게 혼잣말을 중얼거린다.

'나는 누구인가?'

하지만 어느 날 미운 오리 새끼는 놀라운 깨달음을 얻는다. 목은 길고, 깃털은 눈부시게 하얀 백조들이 아름다워 한참 바라보다가 자신이 하얀 백조와 닮은 것을 깨닫는다. 자신이 오리가 아닌 백조라는 사실을 비로소 알게 된다. 그리고 하늘을 나는 백조처럼 움츠렸던 날개를 파닥여 보자 몸이 두둥실 떠오르게 된다.

인간도 마찬가지이다. 미운 오리 새끼가 자신이 백조인 것을 모르고 있을 때 얼마나 불행했는가. 오리 떼와 함께 살면서 자신이 백조라는 걸 모르고 오리처럼 살아가려고 애쓸 때 얼마나 괴로웠는가. 오리의 습성을 닮아가기에 급급할 때마다 점점 더 자신의 무능함을 느끼고 도달할 수 없는 한계에 얼마나 절망했는가.

자신의 진정한 모습과 무한 잠재력을 망각하고 세상의 틀에 얽매여 살면 인간 역시 점점 더 불행해질 수밖에 없다. 자신을 잃으면 늪 같은 현실만 펼쳐질 뿐이다. 풀리지 않는 미래, 노력할수록 부딪히는 한계, 내 맘대로 되지 않는 상황, 나보다 잘나고 우월한 존재들로 인한 열등감, 남에게 존재감이 없는 초라함 등만이 주위를 맴돈다. 이처럼 많은 사람들이 자기를 잃어버리고 세상의 기준만 쫓다가 자신의 연약함과 무능함을 한탄하며 살아간다.

왜 그럴까? 우리는 스스로가 누군지 깨닫는 것부터 먼저 시작해야 한다. 바로 우리 자신이 오리가 아닌 백조라는 사실을 깨닫는 것부터 말이다. 나는 나로 살아가야 하는데 '누군가의 나'로 살아가면 그때부터 불행의 시작이다. 또 스스로가 쳐놓은 한계의 울타리를 벗어날 수 없는 것이다. 그러면 아무리 시간이 흘러도, 또 아무리 노력해도 여전히 제자리만 맴돌게 된다. 그 상태 그대로 변할 수 없는 비참함을 통곡할 뿐이다.

## 자신을 둘러싼 울타리를 걷어내라

해결책은 어디서 찾아야 하는 걸까? 기본적으로 오리로 살아가지 말고 백조로 살아가야 한다. 즉, 자신은 하늘을 날 수 있으며 오리가 아닌 백조라는 걸 알게 될 때 새로운 삶이 시작된다. 백조는 그 울타리를 걷었기에 하늘을 날 수 있었던 것이다.

미운 오리 새끼는 자신이 오리라고 생각할 때는 하늘로 날아오르는 것을 전혀 꿈도 꾸지 않았고, 시도조차 하지 않았다. 하지만 오리가 자신이 백조라는 걸 알게 되었을 때 자신 안에 있는 무한한 에너지가 발동하는 것이다. 그럼 우리가 이제 해야 할 일은 무엇인가.

"나는 백조이다"라고 외치며 스스로 쳐놓은 울타리를 걷어내는 것이다.

"나는 원래 이것밖에 안 돼."

"나는 저런 능력은 없어."

"세상은 이래야만 돼."

이처럼 자신이 스스로 만들어 놓은 고정된 틀과 생각을 내려놓는 것이다. 스스로 만들어 놓은 한계에 갇히지 말아야 한다. 사람에게는 자신이 할 수 있는 일과 할 수 없는 일이 분명히 있다. 그러나 할 수 있는 일과 할 수 없는 일의 구분은 어디서 오는 것인가? 스스로 난 타고난 재주가 없다, 시간이 없어서 안 된다, 등의 이유로 울타리를 치고 그 안에 갇혀 사는 경우가 대부분이다. '여기까지'라고 생각하는 한계는 결코 진짜 한계가 아니다. '여기까지'라는 한계의 스위치를 끄고 이젠 할 수 있다는 긍정의 스위치를 켜는 것이다.

자기 안에 긍정의 스위치가 켜지는 순간, 예전에는 몰랐던 진정한 자신의 힘을 발견할 것이다.

"어라, 내가 이 정도로 잘할 줄 몰랐어."

"아, 내가 이렇게까지 대단하다니!"

"오호, 내가 이리 위대해질 수가 있다니!"

자신의 잠재력에 스스로도 놀랄 것이다. 우리 정신 안에 있는 스위치를 켜라. 그 순간 세상이 달라질 것이다. 세상이 변하기까지 기다리기에는 우리 인생은 너무나 짧다. 우선 자신부터 변화되어야 한다. 자신이 변하면 자신을 둘러싼 세상도 변할 것이다. 그리고 그 변화는 점점 더 커질 것이고, 결국 세상이 완전히 달라진 모습을 볼 수 있을 것이다. 세상은 우리가 어디까지 볼 수 있는지의 능력에 따라 다르게 보인다. 똑같은 세상이라도 그렇다. 자신 안의 긍정의 스위치를 켜는 일은 아주 단순하지만, 그 결과는 기적과도 같은 놀라운 변화가 일어날 것이다.

2강

# 도도새가 되지 않는 방법은 뭘까

## 오늘의 인성 메시지

안주하는 순간은 위기이고
새로운 도전은 기회이다.

이 지구상에는 많은 종의 새들이 있고, 그들은 다양한 방법과 특이한 환경에서 살아가고 있다. 그러나 수많은 새 중에는 날 수 있는 새가 있고 날 수 없는 새가 있다. 세계적으로 40여종 정도가 날 수 없다고 한다. 닭, 펭귄, 화식조, 타조 등과 모아새, 도도새, 하와이 뜸부기 등의 공통점과 차이점이 무엇인지 아는가? 모두 다 날 수 없다는 공통점이 있다.

그러나 앞에 열거한 새는 현존하는 새이지만 뒤에 언급된 새는 멸종한 새이다. 날지 못하지만 생존하는 새와 멸종한 새의 차이는 무엇일까. 타조는 큰 덩치를 가지고 있어 쉽게 노출되지만, 강력한 발톱과 빠른 속도로 달릴 수 있는 다리가 있어 생존할 수 있었다. 펭귄은 집단생활을 통하여 강추위를 극복하고 수중생활에 잘 적응할 수 있었기 때문에 지금까지 종을 유지할 수 있었다.

그러나 멸종한 새 중에서 도도새는 아프리카 동남부 남인도양의 모리셔스 섬에 생존했는데, 1500년경 포르투갈 선원에 의해서 발견되었다. 도도새라는 이름은 포르투갈어로 '어리석다'는 의미에서 왔다고 한다. 도도새는 벗겨진 머리, 구부러진 부리와 짧은 다리, 그리고 뚱뚱한 몸통으로, 움직이기에 매우 둔한 신체구조를 가졌다. 그런데 지천에 먹을 것이 많고 천적이 없었기 때문에 결국 날아야 할 이유가 없는 환경에서 살면서 날개가 퇴화되었다고 한다. 이 섬에 사람들이 살게 되고 그들이 데리고 온 각종 짐승들이 들어오면서 손쉬운 사냥감이 되었다. 결국 도도새는 100여 년 만에 멸종하게 된 것이다.

이와 같이 경쟁자가 없고 너무 편하고 안락한 환경은 오히려 도도새가 멸종할 수밖에 없게 했다. 한 국가나 기업, 사람도 마찬가지다. 너무 부족함이 없는 환경은 결국 인생에 도움이 되지 않는다. 따라서 사람도 도도새처럼 되지 않기 위해서는 너무 편안한 생활에만 머물면 안 되는 것이다.

어릴 때부터 모든 것이 넘쳐 나고 부족함이 없는 삶을 살아온 사람은 다른 사람이 어떻게 사는지, 왜 그들을 배려해야 하는지 알지 못한다. 자기 배가 부르면 남의 배도 고프지 않다고 생각하는 것이다. 결국 한번도 어려움을 겪어 보지 않은 사람은 함께 살아가는 세상의 이치를 배우지도 못하고 자라나게 된다.

그래서 힘든 순간을 만나면 쉽사리 무너지기 쉽다. 또 자기 자신만 알고 남의 어려움을 이해하지 못하기 때문에 더 넓은 세상을 만날 수도 없다. 항상 자기 안에만 갇혀 있는 셈이다. 자기만 아는 인성을 가진 사람은 결국 사소한 위기에 모든 걸 잃을 수도 있다. 이 세상은 결코 혼자서만 살 수 없다. 더불어 사는 인생의 법칙을 알려면 어릴 때부터 힘든 시기도 겪어봐야 한다. 그게 진정한 인성 교육의 전제 조건이다. 아니면, 자기 안의 감옥에 갇히게 된다.

## 존재감 있는 사람이 되려면 머물지 말아야 한다

공부하는 학생들을 1등급에서 9등급으로 나누는 현실 속에서 그 자리 변화가 쉽게 일어나지 않는 건 무엇일까. 항상 1, 2등급을 유지하는 학생은 1등급짜리 방식의 공부를 하고, 9등급 학생은 9등급짜리 방식의 공부를 하기 때문이다. 9등급 학생이 1등급 학생을 따라잡기 위해서는 1등급 학생들의 공부 방식에 플러스알파 이상의 노력이 필요하다.

또한 1등급 학생들도 자기 자리만 지키려고 아등바등 노력하는 것에서 벗어나야 한다. 한번 쓰라린 패배를 겪어 봐야 사회에 나가서도 좌절을 잘 이겨낼 수 있다. 늘 1등만 해오던 사람이 결국 직장에 나가서도 높은 자리에 오르지만, 미풍에도 좌절해서 스스로 목숨을 끊는 기막힌 사연들이 가끔씩 신문 기사를 채운다. 긴 인생에서 볼때 정말 사소한 실패인데도 스스로는 그 좌절감을 이겨낼 수 없는 것이다. 항상 1등만 해오던 인생에서 스스로는 용납할 수 없는 실패인 셈이다.

그래서 1등만 늘 하는 것도 별로 바람직하지 않다. 지금 당장은 그게 좋아 보이지만, 길게 인생을 바라볼 때에는 오히려 독이 된다. 공부를 열심히는 해야 하겠지만, 2등을 하고, 더 나아가 꼴찌를 한번 해보는 것도 필요하다. 밑바닥까지 가본 사람은 어떤 경우가 닥쳐도 절망하지 않는다. 왜냐하면 그걸 뚫고 올라온 경험이 있기 때문이다. 그리고 밑바닥이 끝이 아닌 걸 알기 때문이다.

하지만 많은 사람들은 변화하는 것과 나락으로 떨어지는 것에 굉장한 두려움이 있다. 새로운 시도를 하면 혹시 실패하지 않을까 염려한다. 하지만 여기서 분명히 기억해야 할 점은, 결국 뭔가를 시도하지 않는다면 변하는 것 역시 아무것도 없다는 것이다. 또한 실패는 어리거나 젊을 때 많이 해볼수록 좋다. 실패는 실패로서 끝나지 않는다. 실패는 성장할 수 있도록 도와주는 자양분이다. 그 삶의 이치를 어릴 때부터 배울 수 있어야 한다.

우리 사회는 성공은 좋은 것, 실패는 나쁜 것이라고 확실하게 구분 짓는다. 그로 인해 어린 생명들이 좌절해서 참담한 심정을 안은 채 옥상으로 가도록 내몰고 있다. 1등도 좋고, 2등도 좋고, 심지어 꼴찌도 좋다, 라는 열린 마음이 필요하다. 그것이 올바른 인성을 갖도록 해주는 사회적 토대인 것이다.

1등도 영원한 1등은 불행하다. 인생은 늘 학교 안에만 존재하는 것이 아니다. 더 다양한 경쟁 조건이 있는 사회라는 세상이 있다. 그 속에서 늘 1등만을 하고 살 수 없다. 자신의 부족함과 문제점을 겸허한 자세로 받아들이는 마음이 필요하다. 항상 열린 마음으로 다른 사람들의 좋은 점과 배울 점을 받아들이고 나의 것으로 만드는 능력이 필요하다.

스스로 '나는 공부는 잘하니까 이 정도면 되겠지!'라는 자기만족과 안일한 생각은 더 이상 새로움도 도전도 없는 지루한 인생을 만들 것이다. 더더욱 성장할 가능성도 없다. 공부를 잘하고 인성이 쓰레기이면, 이 세상에 쓰레기로밖에 기능을 못한다. 공부뿐만 아니라 자신의 인성도 항상 챙겨야 한다. 하나를 잘했다고 머물러서는 안 된다. 인간은 지, 덕, 체, 모든 걸 잘 갖출 때 제대로 존재감을 발휘할 수 있다.

예방주사를 맞으면 그 병에 대하여 방어할 수 있듯이 안주하지 말고 항상 위기의식의 예방주사를 맞아라. 위험을 늘 자각하며 자기가 할 수 있는 작은 도전과 새로운 변화에 적응하는 훈련을 하라. 면역체계가 생기듯 자신에게 반드시 필요한 과정이다. 어떤 실패나 새로운 자극을 통해 자신의 발전을 도모하고, 가치 있는 일에 끊임없이 도전할 때 새로운 기회가 생긴다. 또한 그런 인생이야말로 존재감이 있는 삶이 된다.

# 나는 어떠한 인생을 살 것인가

## 오늘의 인성 메시지

희망은 현재가 아니라
미래를 보는 눈이다.

027

〈무한도전〉이라는 예능 프로그램에서 개그맨 유재석 씨가 담배를 끊었다는 이야기를 했다. 담배를 끊은 결정적인 계기는 바로 몇 년 전에 있었던 추격전 때문이었는데, 이때 유재석 씨는 다른 사람들을 추격하다가 체력의 한계를 느꼈다고 한다. 그래서 그는 좋아하던 담배를 끊기로 결심했다.

유재석 씨는 이렇게 말을 했다.

"내가 좋아하는 무언가를 포기하지 않으면 원하는 걸 얻을 수 없어. 두 가지를 모두 다 가질 수 없는 거야. 최선을 다하는 프로그램을 위해서라면 담배를 피는 게 좋더라도 끊어야지. 이유는 단순해! 모든 것을 가질 수는 없어!"

유재석 씨는 모든 것을 가질 수 없다는 것을 알고 있었다.

그래서 그는 자신이 좋아하던 담배를 과감하게 포기할 수 있는 용기가 생긴 것이다. 이러한 결단 덕분에 수많은 프로그램들과 살인적인 스케줄들을 소화할 수 있었다고 유재석 씨는 진솔하게 털어놓았다. 이 이야기에 많은 시청자들은 감동을 받았다. 그런데 만약 유재석씨가 인기도 얻고 싶고, 담배도 피고 싶어서 우물쭈물했다면 지금의 인기를 유지할 수 있었을까? 아니다. 그는 자신이 좋아하던 것을 내려놓아서 결국 더 큰 능력을 발휘할 수 있었다.

성공학자 나폴레온 힐도 "우유부단이야말로 성공을 가로막는 최대의 적"이라고 말했다. 또한 그는 "성공하는 사람들은 신속한 결단력의 소유자이며, 부를 축적하는 데 실패한 사람들은 예외 없이 결단이 매우 느리다"라고도 했다.

아무리 사나운 짐승도 머뭇거리다가 앞으로 나아가지 않으면 벌이나 전갈만 못하다. 그리고 천리마도 달리지 않고 가만히 있으면 둔한 말이 천천히 가는 것만 못하다. 초한지에 나오는 말이다. 우리는 자신이 늘 생각하는 그대로 만들어진다. 우리가 행복, 기대, 가능성에 희망을 두면 똑같은 것들이 나에게 다가온다. 반대로 절망, 실패, 불가능을 생각하는 사람은 이러한 불행의 파도를 맞이하게 되는 이치다. 사람은 생각하는 대로 된다. 우리 옛말에도 '말이 씨가 된다'는 놀라운 삶의 진리가 있는 것과 같은 맥락이다.

# 퍼스트 펭귄이 되라

현대 경영학의 아버지라고 불리는 피터 드러커가 위대한 경영학자가 될 수 있었던 원동력은 무엇이었을까. 그건 바로 13세 때에 교회학교 선생님이 던진 질문 때문이었다고 한다.

그 선생님은 피터 드러커에게 이렇게 물었다.

"죽은 후에 너는 어떤 사람으로 기억되기를 바라니?"

이 하나의 질문이 그의 영혼을 흔들었다고 한다. 피터 드러커는 이 질문을 받은 이후부터 이 세상에서 자신이 꼭 사명을 가지고 살아야 할 소망이 마음속에 심어졌다는 것을 느꼈다고 한다.

그렇다면 나는 어떠한 인생을 살 것인가?

또 나는 죽은 후 사람들에게 어떻게 기억될 것인가?

하나의 질문은 또 하나의 질문을 낳고 씨를 퍼뜨린다. 피터 드러커는 살아가면서 자기 자신에게 이런 질문들을 계속 던졌을 것이다. 이러한 소망의 질문으로 그는 어떠한 순간에도 타락하지 않았다. 그리고 변혁의 인생을 살았고 경영학의 귀재가 되었다고 한다. 소망은 희망을 낳고, 희망은 적극적인 인생으로 인도한다.

남극에 사는 펭귄들이 배가 고프면 바다로 들어가서 물고기를 잡아먹으면 되는데, 들어가지 않고 바닷가에 서서 뛰어들기를 주저하는 펭귄무리의 모습을 종종 볼 수 있다고 한다. 왜냐하면 바닷속에 좋아하는 먹잇감도 많지만, 펭귄의 천적인 물개나 바다표범이 있기 때문이다. 혼자 들어가면 분명히 살아남을 수 없다는 것을 본능적으로 알기 때문이다. 그러기에 누가 먼저 들어가 주길 바란다. 이러한 상황에서 위험을 감수하고 용감하게 바다로 뛰어 들어가는 펭귄을 퍼스트 펭귄이라고 한다. 남보다 먼저 위험을 감수하는 펭귄 때문에 다른 펭귄들도 같이 뛰어 들어간단다.

희망이 있는 사람은 무엇이든 먼저 하고자 하는 의지가 있다. 또 반드시 그걸 이루고야 만다. 희망은 현재에 안주하지 않도록 한다. 희망이 있는 사람은 현재에 만족하거나 한탄하지 않는다. 희망은 현재가 아니라 미래를 보는 눈인 것이다. 희망은 절망이라는 늪에 빠졌을 때에도 다시 빠져나올 수 있는 지렛대로 작용한다. 희망은 목표에 도달하게 해주는 원동력이다.

우리에게 소망이 있고, 희망이 있는 한 우리의 미래는 절대로 어둡지 않다. 희망을 설계하는 사람은 항상 감사하고, 절망 속에 넘어지지 않는다. 그리고 희망은 새로운 희망을 낳고, 소망 역시 새로운 소망을 낳는다. 희망을 품은 사람은 퍼스트 펭귄처럼 위험을 감수한다. 그리고 다른 사람들보다 자신이 원하는 것을 더 빨리 얻을 수 있다. 우리도 퍼스트 펭귄처럼 앞장서야 할 것이다. 그래야 우리 뒤에 남은 두려움이 더 많은 사람들에게까지 희망을 줄 수 있기 때문이다.

# 삶의 철학은 인생이라는 바다의 나침반이다

## 오늘의 인성 메시지

삶의 핵심 가치를 근거로
선택하고 판단하라.

인생은 방황의 연속이며 특히, 청소년 시기는 혼돈의 태풍 한가운데 있다고 말해도 과언은 아니다. 나를 알고 나 자신을 위한 인생의 기초를 마련하고, 갈 길을 정하고 목적지를 향하여 달음질하는 것 자체가 스트레스이다. 겪어보지 않은 인생을 예측한다는 것도 알 수 없는 두려움이다. 미지의 세계, 가보지 않고는 알 수 없는 것이 인생이다.

과연 나의 인생의 항해 길은 순탄하고 평온하며 순항할까. 아니면 거친 파도와 노한 풍파로 난파되는 것은 아닌가. 많은 인생의 선배들 중 멋진 항해를 한 사람보다 거친 인생의 파고에 묻혀서 괴로운 인생의 여정을 지내는 사람이 왜 더 많은 것일까. 그 차이는 어디서 오는

가. 이러한 물음들이 끊이질 않을 것이다. 시행착오를 하지 않고 인생의 긴 여정을 시작하는 노하우는 무엇이고, 수많은 사람들의 실패의 모습을 타산지석으로 삼는 방법은 무엇일까.

물론 인생에 정답은 없다. 하지만 아름다운 인생의 모습을 산 사람들의 공통점 중 하나는 삶의 철학, 즉 인생의 기준점이 분명하다는 것이다. 무슨 일이 생기고 예기치 못한 문제로 고민하며 결정해야 할 때 현명하고 올바른 선택, 최상의 방법은 삶의 기준에 적용해 보는 것이다. 그만큼 삶의 철학은 중요하며 잘못된 기준은 결국 인생을 망치는 결과로 연결된다는 사실을 명심해야 한다.

## 삶의 철학이 있어야 하는 이유

삶의 철학이 없다면 대응방법이 환경과 다양한 변수에 따라 수시로 이리 쏠리고 저리 쏠려서 결국 잘못된 판단과 후회하는 인생이 될 수 있다. 기업도 그 기업이 추구하는 핵심 가치와 기업의 이념이 있다. 기품이 있고 조상들을 공경하고 가문의 전통을 물려받은 가문들은 조상으로부터 추구하는 가정의 핵심 가치와 가훈이 있다. 그러나 요즘 부모들은 자녀들에게 핵심 가치와 삶의 철학이나 신념을 전수하지 않는 가정이 많아지고 있다.

물론 가훈이나 전통이 한 인간의 인생을 좌우하고 결정하는 것은 아니다. 하지만 부모의 삶의 가치와 신념은 자녀들에게 삶의 방향을 제시해 준다. 또한 인생의 터닝 포인트를 맞이할 때 중용한 판단 기준이 될 수도 있다.

1706년에 태어나 1790년에 세상을 떠난 벤자민 프랭클린은 미국의 정신적인 지도자로 사업가이자 과학자, 정치가, 외교관, 문필가였다고 한다. 개인적으로 그는 부자이면서도 무척 검소했고, 매사에 철저하며 종교적으로도 경건했다고 한다. 그는 스무 살에 절제, 침묵, 질서, 결단, 절약, 근면, 성실, 정의, 중용, 청결, 평정, 순결, 겸손 등 실천해야 할 13개의 덕목을 정했다. 그리고 평생 동안 그 의미를 생각하며 한 주에 한 가지씩 실천하려고 노력했다고 한다. 그래서 그는 자서전에서 행복한 삶을 살아왔다고 회고했다.

벤자민 프랭클린은 무슨 일이 생기거나 판단해야 하고 결정할 때 자신이 정해 놓은 13가지 가치에 견주어 보았다. 그는 자신이 정해 놓은 이치에 맞으면 선택하고 실행했다. 하지만 그 이치에 맞지 않으면 실행에 옮기지 않았다. 그렇기 때문에 현명한 결정을 할 수 있었다고 고백한다. 이러한 삶의 원칙 덕분에 그는 위기의 순간에도 지혜로운 판단과 바른 행동으로 자신의 가치를 높일 수 있었다. 또한 미국 사회에서 존경받고 행복한 인생을 살 수 있었던 것이다.

우리 모두 인생의 삶의 지표를 만들어 보자. 그리고 그걸 수시로 체크해 보아야 한다. 상황을 판단하고, 흔들리지 않고 주체적인 존재감을 가지게 하는 삶의 철학은 반드시 있어야 한다. 앞으로 더 복잡

한 세상이 될수록 인생 전체를 이끌어 갈 삶의 철학은 분명히 경쟁력도 될 것이다. 삶의 철학이라는 나침반이 있는 사람은 선택의 순간에 우왕좌왕 헤매지 않아도 된다.

인생은 매순간 선택의 연속이다. 빠르고 올바른 선택을 하는 사람은 인생을 절약할 것이다. 그렇다면 바로 우리 인생의 지도는 무엇인가. 그건 계속 강조해온 삶의 철학이다. 인생의 목적지까지 안전하고 빠르게 우리를 데려다줄 수 있는 삶의 기준인 셈이다. 부모가 자식을 죽을 때까지 보살펴 줄 수 없다. 또 사람은 스스로 바로 서야 한다. 자식에게 물고기를 잡아주지 말고 낚시하는 법을 가르쳐 주라는 말처럼 인생에서 자신의 철학을 갖도록 하는 것이 급선무이다. 분명하고 바람직한 삶의 철학이 있다면 어떤 사람이라도 인생의 위기 순간에 잘 헤쳐 나갈 수 있을 것이다. 이젠 삶의 철학도 경쟁력이 된 시대가 온 것이다.

# '열려라, 참깨!' 주문을 외워 보자

## 오늘의 인성 메시지

나 자신을 구하는 첫 번째는
마음 가는대로 하는 것이다

최근에 한 일간지에서 이력서에 한 줄 보태려 '극한 체험, 남극·사하라까지 간다'라는 기사를 읽은 적이 있다. 어지간한 경험으로는 차별화가 되지 않는 시대가 되었다. 기업들도 토익·학점과 같은 계량화된 수치를 넘어선 지원자를 더 반기는 추세다. 저마다의 스토리를 중시하는 세상이 되었다. 그래서 고산과 극지, 사막에서의 경험으로 이력서를 채우려는 젊은이들이 늘고 있다. 어학 성적이나 자격증, 인턴 경험 같은 흔한 스펙이 아닌 '고난·극한 스펙 쌓기'다.

그들이 극한 스펙 쌓기로 눈을 돌리는 것은 '뭔가 부족하다'는 허전함 때문이다. 한 대학생은 "취업을 위해 남들이 한다는 건 이것저

것 다 해봤지만 그 정도를 갖고 면접관 앞에서 '열정이 넘친다'고 말하기는 부족하다는 생각이 들었다"고 말했다. 왜 대학생들은 자신의 수많은 시절 즉, 공부에 대한 투자의 결과에 확실한 결실을 맺지 못할까. 그 이유는 무엇인가. 그것은 남과 차별되지 못하고 남과 비교해 봐도 별로 다른 점이 없다는 것이 문제이다.

많은 젊은이가 회사 취업에 초점을 맞추고, 세상의 기준에 자신을 맞추어 가고 있을 때, 자신의 마음이 가는 대로 인생을 설계한 사람이 있었다. 바로 중국의 마윈이라는 사람이다. 그는 자신의 부족함을 채워가는 것에 초점을 맞추지 않았다. 그는 미지에 대한 가능성과 새로움에 도전한 결과로 일약 세계적인 인물로 부상한 사람이 되었다. 알리바바의 창업자인 마윈 회장의 이야기이다.

그는 툭 튀어나온 광대뼈에 1미터 62센티미터의 작은 키, 그리고 45킬로그램 정도밖에 나가지 않는 몸무게로 볼품없는 모습이다. 그리고 가난한 집에서 태어나 삼수 끝에 대학도 정원 미달로 들어갔다. 게다가 못생겼다고 평가받아 취업시장에서 늘 찬밥 신세였다. 말 그대로 열등생 신분이었던 것이다. 하지만 그는 끊임없는 자기 성찰과 강점에 집중하며 기회를 찾았다.

그러다가 우연히 미국을 방문하게 되었다. 그때 접하게 된 인터넷이 미래 세상을 바꿀 수 있다는 가능성에 눈을 떴다. 그 안목으로 중국 최초 인터넷 회사를 곧바로 만든 뒤, 4년 뒤인 1999년에는 어렵게 모은 8,500만 원으로 알리바바를 창업했다. 이후 포기를 모르는 끈기로 열등생이 성공의 아이콘이 되는 기적이 일어났다. 그리고 전 세계 젊은이들의 희망이 되고 있다.


## 남의 평가에 주눅 들지 마라

외부에서 제시된 기준점을 중심으로 제한된 판단을 하지 마라. 대다수의 사람들은 자신의 생각과 가치보다 세상이 정해준 가치와 이상에 사로 잡혀 살아간다. 그러면서 많은 사람들이 가는 길로 가는 것이 현명하고 행복이 보장된 길이라는 착각에 빠져든다. 이처럼 자신의 내면에서 용솟음치는 것을 억누르고 보편적 가치에 집중하는 현상을 '닻 내림 효과'라고 한다. 이 현상에 빠진다면, 닻이 내려진 배는 절대로 항해할 수 없듯이 세상의 편견과 보편적 생각에 갇히게 된다. 그 인생은 절대 변할 수 없다.

아인슈타인은 서너 살까지 말을 잘하지 못했다고 한다. 게다가 학교생활에서는 과학과 수학에는 우수했지만, 나머지 과목에서 낙제생으로 알려져 있다. 그러나 아인슈타인의 어머니는 낙제생이라는 오명에 어찌할 줄 모르는 아이에게 이렇게 말해 주었다.

"네가 다른 사람과 같아지려고 한다면 너는 결코 성공할 수 없다. 그러나 네가 잘하는 것으로 남들과 다른 사람이 되려고 한다면 너는 위대한 인생이 될 것이다."

이렇게 아인슈타인의 어머니는 아이가 못하는 과목을 잘하게 하는 방법에 집착하지 않았다. 그리고 아인슈타인이 잘하고 좋아하며 능력을 발휘하는 공부에 집중하게 했다. 또한 항상 못하는 점을 나무라는 것이 아니라, 잘하는 것을 칭찬하고 격려했다.

남의 평가에 주눅 들지 않고 자신의 마음 가는 대로 즐기는 삶이 곧 성공하는 인생이다. 아인슈타인의 어머니의 지혜로움과 아인슈타인의 집중력이 결국 아인슈타인을 위대한 과학자로 이름을 남기게 했다. 남을 의식하지 말고 마음의 소리에 답하라. 이것이 나를 구하는 첫 번째 시도이다.

관심과 꿈이 있다면 그 분야의 현장에서 모범이 되는 모델을 찾아보고 벤치마킹하며 만나 보자. 그리고 자신의 흥미와 꿈에 관련된 여러 가지 관련 도서를 찾아 읽어 보자. 또는 관련 프로그램에 참여하고 도전해 보는 것도 중요하다. 직접 부딪쳐 보는 것만큼 더 좋은 것은 없다. 이러한 훈련은 나를 발견하게 한다. 이것이 곧 나의 인생길을 찾는 지름길이다.

## 6강

# 침대에서는 아무것도 할 수 없다

**오늘의 인성 메시지**

나 자신을 구하는 두 번째는
올바른 방향이다.

나는 아이디어 창출 방법에 대한 강의 요청으로 경기도에 있는 ○○ 마이스터 고등학교를 방문한 적이 있다. 나는 학교 관리자로부터 현재 재학 중인 이 학교 고3 학생들이 한 명도 수능시험에 응시하지 않았다는 이야기를 들었다. 그리고 이 학교 학생들은 우리나라 학생들이 그토록 가고 싶어 하는 대기업과 공기업뿐만 아니라 중견기업에도 100퍼센트에 가까운 학생들이 취업했다고 한다. 많은 학생들이 명문대학교 입학에 목숨 걸고 온 힘을 쏟을 때 이 학교 학생들은 삶의 터전인 직장인의 길을 4년 이상 빠르게 선점하고 있는 것이다.

나는 한 학생에게 대학 진학에 대한 아쉬움은 없느냐는 질문을 했다. 그러자 학생은 다음과 같이 대답했다.

"저는 나중에 대학 진학을 할 것입니다. 지금은 제가 현장에서 실무적인 업무로 더 많은 노하우를 쌓아서 전문성을 키울 때라고 생각합니다. 그런 다음에 대학 입학을 통하여 새로운 목표를 만들어 갈 것입니다."

자신에 찬 모습, 자신의 인생에 대한 철저한 계획과 준비성, 그리고 분명한 목표 인식 등이 뚜렷해 보였다. 이처럼 자신의 인생 진로에 대한 깊은 성찰을 하고 있는 17살의 학생에게 어른으로서 많은 것을 느꼈다. 나는 17살에 과연 이런 인생의 종합 계획을 준비했는지를 돌아보니 부끄러운 생각마저 들었다. 이 학교 학생들은 정말 멋진 학생들이며, 인생의 참맛을 알고 있구나 하는 부러운 마음이 들었다. 그들은 진짜 행복한 모습을 보였던 것이다.

남들이 모두 가는 길이 아닌 나만의 길을 찾고, 남과 다르게 자신의 퍼즐을 연결해 가는 모습이 정말 아름답게 보였다. 지금 대한민국의 청소년들은 대학이라는 커다란 벽을 넘기 위해서 밤낮을 가리지 않고 있다. 매일 매순간 고득점 수능 점수와 내신 관리에 집중하고 있는 것이다. 대학생들 역시 평생직장을 얻기 위하여 밤낮으로 노력하고 있다. 하지만 고학력·고비용에 비해 낮은 자존감과 저효율에 많은 젊은이들이 힘들어 하고 있는 게 현실이다.

그토록 많은 시간을 투자했고, 나름대로 최선을 다했는데도 자기가 원하는 대로 일이 풀려가고 있는가. 그렇지 않은 현실 속에서 많은 청춘들이 좌절하고 있다. 왜 그럴까? 시대가 바뀌고 있다. 추구하는 가치와 세상이 바라는 기준이 달라지고 있다. 지금 이 시대는 최고가 아닌 개성 있는 가치를 원하고 있다.

## 잘못된 방향으로 빨리 가면 더 빨리 망할 수 있다

남보다 우수한 머리와 많은 지식의 소유자가 우대 받던 시대에서 남과 다른 능력과 차이로 창의적인 결과를 도출할 수 있는 사람이 우대 받는 시대가 되었다. 흐름을 아는 것이 중요하다. 즉, 옳은 일에 집중하는 것이다. 그것은 내가 가장 잘할 수 있는 능력에 집중하는 것이다. '잘못된 방향으로 빨리 가면 더 빨리 망할 수 있다'는 말이 있다.

바다를 항해하는 배가 바람의 방향이 바뀌면 돛의 방향을 바꿔야 한다. 가고자 하는 방향대로 만들지 못하면 결국 원하는 장소에 갈 수 없다. 바람은 보이지 않지만 수시로 불고 또한 변화무쌍하게 방향을 바꾼다. 그러나 바람이 어디로 불든지 바다 위에 떠 있는 배는 바람이 부는 대로 가는 것이 아니라, 자신이 가고자 하는 대로 가는 것이다.

어떤 배는 북으로 가고 어떤 배는 남으로 간다. 망망한 바다에서 배가 가는 방향은 바람이 결정하는 것이 아니라 배에 달려 있는 열쇠, 즉 방향타에 따라 결정되는 것이다. 세상 풍파에 따라 이리 쏠리고 저리 치우치는 삶이 아니라, 내 인생의 방향타를 내 의도대로 맞추는 것이 진정한 인생의 모습이라는 사실을 명심해야 한다.

목표가 없는 인생은 엔진이 고장 나서 해류의 흐름에 따라 흘러가고 방향을 잃고 표류하는 배와 같다. 무슨 행복이 있고 즐겁겠는가. 미국의 유명 코미디언이고 영화 배우이며 베스트셀러 작가이기도 했던 조지 번스는 "우리는 자신을 침대에서 나오게 하는 어떤 것을 갖고 있어야 한다. 침대에서는 아무것도 할 수 없다. 가장 중요한 것은 우리가 향하는 목표 지점과 방향을 찾는 것이다"라고 했다. 자신에게 스스로 질문을 해보자.

나는 어디로 가고 있는가?(목적)

나는 거기에 어떻게 가려고 하는가?(방법)

거기에 갔다면 갔는지 가지 못했는지 내가 어떻게 아는가?(방향)

이 세 가지를 항상 마음에 간직하고 스스로 자문자답해 보자. 빨리 가는 것보다 올바른 방향으로 가는 것이 더욱 중요하다. 인생의 시계에 맞추어 가는 것보다는 목표를 정하고 내가 가장 잘할 수 있는 분야에 맞는 능력을 키우는 것이 필요하다. 나만의 방식을 유지하면서 보폭을 맞추어 갈 때 지치지 않고 끝까지 갈 수 있다. 중간 중간 내가 제대로 가고 있는지 점검하며 방향을 재설정할 수 있는 나침반이 필요하다.

인생이란 지금 당장은 이것이 가장 중요하고 급하게 보일 수가 있다. 이것이 아니면 안 될 것 같고 지금 당장 이루지 못하면 더 이상 기회가 없어질 것 같은 기분도 들 것이다. 더 나아가 살아가야 할 희망이 보이지 않을 수도 있다. 하지만 인생의 길은 여러 갈래이고 여러 방향이라는 삶의 교훈을 알아야 한다. 모두가 한 방향으로 달리면 1등은 한 명뿐이지만, 360도 방향으로 달리면 누구나 인생의 승리자가 될 수 있다.

———

사람의 인품은 그 사람의 장점을 통해서 판단해서는 안 되며,
그 사람이 그 장점을 어떻게 운용하고 있는가를
보고서 판단해야 한다.

– 라 로슈푸코

———

# 산에 갈 사람이 바닷가 갈 준비물을 챙기는 것은 어리석다

**오늘의 인성 메시지**

나 자신을 구하는 세 번째는
철저한 준비와 나만의 속도를 가지는 것이다.

20세기 초 세계 열강들은 인간이 한 번도 밟아보지 못한 미지의 대륙인 남극점을 누가 먼저 정복하느냐에 관심을 갖게 되었다고 한다. 이 경쟁에 먼저 승부수를 띄운 나라가 영국과 노르웨이였다.

노르웨이의 아문센 탐험대와 영국의 스콧 탐험대는 이런 대의명분을 가지고 비슷한 시기에 출발하여 남극대륙 정복에 도전했다. 하지만 아문센 탐험대가 승리를 한다. 두 탐험대가 비슷한 시기에 출발했지만 승패의 결과는 무엇이었는가. 스콧과 아문센의 운명을 결정한 것은 남극 탐험을 위해 그들이 준비한 물품과 생각의 차이였다.

아문센은 현지에 살던 에스키모인들의 경험과 삶의 방식을 연구했다. 그리고 남극의 환경이 어떤 특징이 있는지 분석했다. 또한 예측할 수 없는 다양한 상황에 맞는 철저한 분석을 통해 장비를 준비했다. 그에 따른 탐험 루트를 정하고 에스키모 인들이 주로 입는 털옷을 입었다. 이뿐만 아니라, 대원들 개인의 능력을 키우고 위험에 대한 대처 능력을 기르는 데 전력을 다했다고 한다.

추위에 강하고 인간과 교감이 잘되는 그린란드산 52마리 개들을 운송 수단으로 정한 것도 탁월한 선택이었다. 개썰매로 남극의 거친 추위와 얼음 위를 거침없이 달릴 수 있도록 한 것은 그들이 승리하는 데 많은 도움을 주었다. 탐험 과정에서 개를 순번대로 잡아먹는 방법으로 최대한 짐을 줄이고, 대원들의 힘을 비축하며 빠르게 이동할 수 있도록 했다고 한다.

반면에, 스콧 탐험대는 그 당시 최첨단인 모터로 전진하는 썰매 세대와 조랑말을 가지고 출발했다. 또 추위를 이기기 위해서는 영국에서 개발한 기능성 남극 복을 입고 도전했다.

하지만 스콧 탐험대의 모터썰매는 출발한지 5일 만에 극한의 추위로 얼어붙어 못쓰게 돼버렸다. 함께 가져간 조랑말들도 무게와 말발굽 때문에 눈밭에 빠져 허우적거리다가 모두 죽어버리고 말았다.

## 모든 사람은 목적지가 다르다

　현대 경영의 창시자로 불리는 경영 컨설턴트 톰 피터스의 저서 『초우량 기업의 조건』에서는 이렇게 말한다. 아문센의 남극점 정복의 핵심은 당시 경쟁자인 스콧 탐험대의 패착이 원인이라고 한다. 스콧 탐험대는 매일 매일의 날씨에 따라서 진행 거리를 정하는 방식을 채택했다. 날씨가 좋을 때는 많은 거리를 이동하도록 종용했고, 날씨가 나쁠 때에는 적은 거리를 이동하는 방식을 선택한 것이다.

　이 방식은 매우 합리적인 것 같지만 날씨가 좋을 때는 최대한 많은 거리를 이동하게 되므로 기진맥진하게 되었다. 반면에 대원들은 날씨가 나쁠 때는 쉬면서도 다음 날 이동할 걸 미리 생각해서 마음이 우울하고 부담을 많이 느꼈다고 한다.

　이에 비해서 아문센 탐험대는 날씨가 좋아도 나빠도 무조건 20마일을 이동하는 방식을 채택한다. 날씨가 나쁠 때도 20마일을 갔으니 해냈다는 자신감과 성취감이 생겼다. 날씨가 좋은 날은 20마일을 반나절에 이동하고 푹 쉬었다. 푹 쉴 수 있는 행복감에 대원들의 사기는 높을 수밖에 없었다는 것이다. 오영선 산악 대장은 "등반의 완성은 정상 정복이 아니라 살아서 내려오는 데 있다"라고 말했다.

　인생의 출발점에서 먼 여정을 가야 할 때 어떤 준비와 마음으로 시작해야 하는지를 알려 주는 좋은 사례라고 할 수 있다. 모든 사람들은 각자 자신의 인생의 길을 가게 된다. 모두가 여건이 다르고 환경이 다르며 가야 할 목적지도 다르다.

우리가 인생의 길을 가기 위해서는 목적지가 어디인지 알아야 한다. 목적지가 정해지면 그 다음에는 목적지를 가기 위해서 필요한 물품과 준비물이 무엇인지 결정해야 한다. 우리는 '시작이 반이다'라는 말을 많이 들었다. 분명하고 확실한 목적지가 있다면 준비물은 분명해진다. 산에 갈 사람이 바닷가에 갈 준비물을 챙기는 것은 매우 어리석은 일이 아닌가. 목적지를 정하는 것만으로도 우리는 벌써 인생의 절반을 이룬 셈이다.

## 자신의 속도를 잃는 건 주도권을 잃는 것이다

자, 그럼 인생의 목적지를 알고 준비물을 챙겼다면 그 다음은 무엇일까. 바로 '속도'이다. 인생의 속도도 목적지만큼 중요하다. 자신의 속도를 잃으면 자신의 운명을 다른 이가 통제하게 된다. 내가 원하는 길이 아닌 길을 가는 것이다. '빨리'라는 생각을 버리고 '확실히'라는 나만의 속도와 최적의 방식이 필요하다. 속도의 진정한 의미는 중요한 것에 집중하는 것이고, 중요하지 않은 것에서는 신속히 빠져나오는 것이다.

차를 운전하다 보면 소음이 생기고 차가 떨리는 현상이 나타난다. 이것은 휠 밸런스가 맞지 않으면 나타나는 현상이다. 자동차 네 바퀴의 접지 면에 문제가 생긴 것이다. 이것을 방치하면 바퀴가 골고루 닳지 않을 뿐더러 고속 주행을 할 때 사고가 일어나기 쉬워진다.

우리 인생도 마찬가지다. 자동차뿐만 아니라 우리네 인생도 만사에 중심을 잡으라는 의미일 것이다. 아인슈타인은 "인생은 자전거를 타는 것과 같다"고 말했다. 즉, 자전거의 균형을 잡으려면 쉴 새 없이 움직여야 하듯이, 우리 인생도 중심(中心)에 바로 서 있으려면 늘 깨어 있어야 한다는 것이다.

인간도 중심과 균형을 잡아주는 평형수가 필요하다. 평형수를 소홀히 했던 세월호의 사례처럼 우리 인생도 삶의 설계도를 그려 보아야 한다. 그 다음에 먼 여정에서 필요한 것과 중요한 것을 철저히 준비해야 한다. 친구 따라 강남 가는 소신 없는 삶이 아닌 나의 길, 나의 보폭, 나만의 인생 속도로 달려가야 한다. 그 속도를 잃지 않는 끈기와 집중이 필요하다.

이러한 철저한 준비와 나만의 속도를 알게 된다면 인생을 살아가는 것이 그리 어렵지 않다. 마치 속도가 나지 않는 국도를 지나 고속도로에 도달하면 속도는 금방 높아지는 것처럼 인생도 이러한 준비 과정만 잘 지나면 속도가 붙는다. 국도는 인생의 준비과정 단계라고 할 수 있다. 준비가 잘되고 가야 할 길을 분명히 안다면 인생이 고속도로를 달리는 건 시간 문제다. 자신이 주도권을 갖고 자신의 인생 속도를 결정하는 것, 그것이 자신을 구하는 세 번째 길이다.

# 가장 중요한 것을 얻기 위해서는 나머지를 버릴 수 있어야 한다

### 오늘의 인성 메시지

나의 소중한 미래 가치에 올인하는
용기가 필요하다.

051

보는 각도에 따라 태극, 우리나라 지도, 4괘 등의 색상이 변하고(띠 홀로그램 장치) 일련번호가 오른쪽으로 갈수록 커지며(가로 확대형 귀번호) 비스듬히 눕히면 숫자 '5'가 보이고(요판잠상) 빛을 비추면 신사임당 초상이 보이는(숨은 그림) 등 20여 가지의 보안장치를 한 이것은 무엇일까?

인간이면 누구든지 많으면 많을수록 좋아하고 갖고 싶어 하는 오만 원 권 지폐의 위조 방지 장치 일부를 설명한 것이다. 오만 원 권 지폐는 유통 과정에서 위조할 경우 사회적 파장이 크기 때문에 최첨단 위조 방지 시스템을 도입했다. 그리하여 한 차원 높은 기술력이 들어가 있는 지폐이다. 이토록 소중한 것은 가치가 크기 때문에 철저히 관리되는 것이다.

그렇다면 인간의 존재 가치는 얼마나 될까. 나는 한 과학 관련 잡지에서 인간의 몸에서 유용한 물질을 추출했을 때 어느 정도의 가치가 될 것인가의 내용을 읽은 적이 있다. 약 70킬로그램의 무게를 가진 사람의 몸에서 지방은 비누 7개, 탄소는 연필 9,000자루, 인은 성냥 2,000개비, 철분은 중간 못 한 개, 설탕은 한 그릇, 물은 약 38리터가 나왔다고 한다. 이걸 토대로 볼 때 몸 전체의 가치는 2010년 통계로 약 8만 원 정도에 지나지 않는다. 오만 원 권 지폐로 따지자면 두장 값도 되지 않는 셈이다.

이처럼 인간을 물질적인 관점으로 본다면 인간의 몸만큼 돈이 되지 않는 것도 없을 것이다. 비유가 좀 그렇지만, 심하게 말하면 개 한마리 값도 되지 않는 존재이다. 그러나 인간은 동물에게는 찾아 볼수 없는 창의적인 두뇌가 있다. 생각하고 판단하며 실행에 옮길 수있는 능력도 있다. 이러한 능력 덕분으로 지구상에 사는 어떠한 다른생명체보다 인간은 탁월한 삶을 영위하고 있다.

052

## 내 속에 숨어 있는 무한 가치는 무엇일까

한 인간 속에는 수없는 유전 정보로 가득 차 있다. 또한 인간은 무한한 가능성의 존재이다. 한 인간이 어떻게 마음을 다짐하고 무엇을 할 것인지 의지를 갖느냐에 따라 그 결과는 엄청나다. 자신의 행동 방법과 실천 여부에 따라 엄청난 부가가치를 창출할 수 있는 존재이다.

따라서 인간은 겉모습보다 내면의 진정한 가치를 발견하고 올인하는 것이 중요하다. 어떻게 올인하며 사느냐에 따라 그 인생이 결정되며 그것은 상상 그 이상이다. 올인(all in)이란 말은 외래어지만 우리가 흔히 사용하는 말이 되었다.

올인(all in)의 한국말 사전을 보면 '특정한 대상이나 일 따위에 자신이 할 수 있는 모든 능력이나 시간, 그리고 가진 전부를 쏟아 붓는 것'이라고 정의내리고 있다. 성경에 보면 감추어진 보물 이야기가 나온다. 즉, 어떤 사람이 우연히 밭에서 보물을 발견한다. 이 사람은 이 보물을 얻기 위해 자신의 모든 재산을 쏟아 붓고 가능한 방법을 모두 동원하여 밭을 매입한다. 왜 이 사람은 이러한 행동을 한 것일까. 그것은 바로 그 밭에 숨겨져 있는 보물의 가치 때문이다. 그 가치를 알기에 자신의 모든 것을 투자한 것이다.

사람은 누구나 가치 있고 소중한 것을 알면 그것을 얻고자 애를 쓴다. 그건 인간의 본능이다. 어리석은 자가 아니라면 좋고 귀한 것, 값진 것을 마다할 사람이 있겠는가. 그걸 얻기 위해서라면 어떠한 대가를 지불하는 것도 마다하지 않을 것이다.

그럼 사람의 진정한 가치는 과연 얼마나 되는 것일까. 다이아몬드는 킴벌라이트라는 화성암의 일종으로 운모를 함유하는 감람암에 주로 분포한다. 그런데 킴벌라이트 자체를 볼 때는 그 속에 숨어 있는

다이아몬드를 발견하기는 어렵다. 광물의 분류 과정을 통해야만 가치 있고 소중한 다이아몬드를 찾아낼 수 있다.

킴벌라이트를 알지 못하는 사람에게 이 돌은 무가치한 것처럼 보인다. 그러나 이 돌에 대하여 아는 사람에겐 엄청난 가치로 보이는 것이다. 보석이 아무리 훌륭한 가치를 지녔다 해도 보는 사람에 따라서 얼마든지 그 가치가 달라진다는 말이다. 자, 그렇다면 자신의 가치를 한 번 냉철하게 생각해 보자. 내 속에 숨어 있는 무한 가치는 무엇일까. 그리고 나는 그 숨어 있는 내 가치를 제대로 알고 있는 걸까.

## 나의 가치를 높일수록 행복은 커진다

인간은 누구나 가치의 DNA를 소유하고 있다. 문제는 투자할 가치가 있는 것이냐 하는 것이다. 투자는 확실한 곳에 전부를 거는 것이지만 또한 모험일 수도 있다. 잘못 투자하면 망하는 것이다. 그러나 제대로 투자하면 엄청난 이익을 창출할 수 있다.

한 번밖에 살지 못하는 인생, 정말 소중하고 가치 있기에 올인할 수 있는 것을 찾아내야 한다. 젊었을 때는 시간의 여유가 많다고 생각해서 집중을 하지 못한다. 그러다가 나이를 먹게 되면 시야가 좁아진다. 이해타산에 시간을 다 소비하여 기회를 잃는 경우가 많다. 우리는 너무 쓸데없이 바쁘고 많은 것에 욕심을 부리는 건 아닐까. 이젠 욕심을 내려 놓고 그 대신에 진정 내가 원하고 집중할 수 있는 곳에 올인해야 한다. 하지만 현실 속 나는 어떤가. 내 인생 전부를 투자할 만한 가치 있고 소중한 미래에 대해선 너무나 무기력한 모습이다.

신학자인 폴 릴리히는 "가장 중요한 것을 얻기 위해서는 두 번째, 세 번째 중요한 것을 버릴 수 있는 용기가 있어야 한다"라고 말했다. 모든 걸 가질 수는 없다. 설사 인생에서 모든 걸 가질 수 있다 하더라도 한순간에 모두를 얻을 수는 없다. 소중한 것에는 순번이 필요하다. 무엇을 가장 원하는지 그것 자체에 올인하라. 그러면 나머지 것은 알아서 차례로 얻어질 것이다.

그러나 모든 걸 얻으려고 욕심을 부리는 순간, 이솝 우화에 나오는 개처럼 갖고 있는 것도 잃어버릴 것이다. 강물에 고깃덩이를 물고 있는 자신의 모습을 바라보면서 그걸 뺏으려고 짖다가 그마저도 놓쳐버리는 어리석음을 우리는 부리지 말아야 한다.

그렇다면 왜 우리는 자신의 가치를 알아야 하고 높여야 하는가. 소위 대박 맞은 음식점에 손님들이 모이는 이유는 음식을 통하여 고객에게 맛의 가치로 행복을 주기 때문이다. 바꿔 말하면 나의 가치를 높일수록 자신과 남에게 줄 수 있는 행복은 점점 커지는 셈이다. 인간은 행복하기 위해서 사는 것이다. 또 내가 행복해야 남들에게도 행복을 줄 수 있다. 행복한 삶을 사는 것이야말로 바로 명품 인생을 사는 것이다.

# 자식은
# 어버이의 싹수다

## 오늘의 인성 메시지

사람 됨됨이의 지표,
'싹가지'가 있어야 한다.

대한항공의 '땅콩 회항 사건'으로 사회적으로 많은 말이 오가고 있다. 이 사건은 BBC와 워싱턴 포스트 등의 유명 외신에도 보도되었다고 한다. 대한항공은 그야말로 국내외에 조롱거리가 됐다. 세계적인 망신도 이런 망신이 없을 정도이다. 대한민국도 그 '대한'이라는 말 때문에 더불어 온갖 창피를 다 당하고 있다. 이 사건으로 그동안 쌓아온 대한항공 브랜드 이미지는 끝없이 추락했다. 이건 값으로 매길 수는 없지만 전문가의 의견으로 보자면 약 2조원에 가깝다고 한다. 앞으로 추락한 브랜드의 이미지를 회복하려면 상당한 시간이 걸릴 것 같다.

땅콩 한 봉지 개봉 여부로 죽을죄를 지은 사람으로 만들어버린 이

씁쓸한 코미디 같은 사건은 생각할 거리를 많이 던져주고 있다. 사소한 일에 자신의 감정을 못 이겨서 250여 명이 넘는 승객이 타고 있는 비행기를 개인이 마음대로 회항을 시킨, 이 기상천외한 사건을 벌인 당사자에 대해 온 나라의 관심이 쏠렸다.

후진이 안 되는 비행기 특성상 안전이 무엇보다 중요한 비행기를 회항시킨 '황당한 나라의 앨리스'는 누구인가. 잘못이 있으면 조용히 지적하고 상대방이 인지하지 못한 경우에는 스스로 인식하도록 배려하는 건 죽었다 깨어나도 배우지 못한 사람의 처참한 결과였다. 한순간의 잘못으로 세계적인 망신과 더불어 자기 할아버지와 아버지가 이뤄 놓은 공든 탑을 무너뜨린 셈이다.

『채근담』에 보면 "자식은 어버이의 싹수다. 제자는 스승의 싹수이다. 쇠를 달구는 불길같이 연마하여 인격을 갈고 닦아야 한다"라는 말이 있다. 이 사건을 보는 많은 사람들의 생각은 한 가지로 모아진 듯하다. 재벌가 자녀로서 '슈퍼 갑' 행세를 하지 못하도록 어릴 때부터 아비가 인성 교육을 잘 좀 시켰으면 이런 일이 없었을 텐데, 하는 안타까움이다.

채근담의 이 말은 맞는 말이다. 어버이가 모범을 보이는 대로 자식은 자란다. 제자도 스승의 본을 보고서 자란다. 어버이나 스승은 자식과 제자들을 위해서라도 자신의 인격을 갈고 닦아야 한다. '싹수가 노랗게 바래버린' 자식이나 제자가 있다면 그건 그렇게 자라도록 잘못 이끌어준 어버이와 스승의 잘못도 클 것이다.

# '땅콩 회항'은 심추행(心醜行)이다

결국은 나이 60살이 넘은 아버지가 "제 여식의 어리석은 행동으로 큰 물의를 일으킨 데 대해 진심으로 사죄를 드립니다"라고 대신 고개 숙여 사과하는 사태까지 벌어졌다. 이러한 현실이 참 답답하기만 하다. 옛날부터 그릇이 적은 사람은 쉽게 자신의 본성과 근시안적 행동으로 남에게 조롱거리가 되거나 남의 마음에 상처를 주기 쉽다고 했다.

나는 이 사건을 보면서 '심추행(心醜行)'이라는 말이 떠올랐다. 이번 사건은 일방적으로 자신의 감정과 생각에 빠져서 상대방에게 말과 행동으로 심적 수치심과 모멸감을 불러일으키는 행위였다고 정의하고 싶다.

요즘 우리 사회에서 지도층에 속하는 사람들이 추락하는 여러 가지 유형 중 하나가 성추행(性醜行)이다. 추행을 하는 사람들의 가장 큰 문제는 상대방의 감정과 생각은 전혀 관계없이 자신의 우월적 지위를 내세운다는 것이다. 그 지위로 상대방의 약점을 이용하거나 자신의 감정에 집착하여 원초적인 생각과 행동을 한다.

이처럼 자기중심적인 사고방식은 우리 사회에 널리 퍼져 있는 '다름'을 인정하지 않는 분위기와도 맞닿아 있다. 가장 큰 문제는 자신과 생각이 다르고 반대 의견을 제시하면 과민하게 반응하는 분위기다. 수용과 조율이 없이 적대적으로 반응하며 토론이나 대화로 생각과 마음을 교류하는 능력이 매우 약한 사회가 되었다.

이러한 심리 상태는 남의 마음과 관계없이 자신의 감정을 여과 없이 표출하게 한다. 특히, 갑을관계에서는 무차별로 이루어지고 있는 것이 현실이다. 마치 심한 상처는 흉터가 남듯이 마음을 추행당한 사람 역시 가슴 깊이 남은 흉터로 평생을 살아갈 수 있다. 그것은 분명히 평생의 트라우마가 될 것이다. 갑을관계가 아닌 상생과 협력, 함께하는 동반자이며 가족이라는 마음으로 상대방을 존중했다면 이런 일들은 발생하지 않을 것이다. 땅콩 회항 사건도 철부지 10대도 아니고, 나이 40대의 다 성숙한 어른이 저지른 일이다. 성인으로서의 인격과 배려가 부족한 결과라고 할 수 있다.

싹수가 있는 사람이 많은 사회가 되어야 한다. 이 세상이 모두 함께 살아가는 곳이라는 기본 전제를 자각만 해도 싹수는 생긴다. 벌이 없으면 꽃은 열매를 얻을 수 없다. 마찬가지로 기업의 CEO도 직원이 없으면 아무것도 할 수 없다. 대한항공을 이용하는 고객이 있고, 그 고객들의 즐거운 여행을 도와주는 직원이 없다면 지금의 대한항공은 없을 것이다.

대표라는 직위나 고위직이라는 것이 단지 직급의 문제이지, 군림하는 의미가 아니라는 것을 일찍부터 알았다면 이런 세계적인 블랙 코미디가 '대한'이라는 이름에 먹칠을 하며 일어나지는 않았을 것이다. '사람 위에 사람이 없다'는 아주 기본적인 인성만 가졌더라도 할아버지와 아버지가 피땀 흘려 만들어 놓은 공든 탑을 망신살로 뻗치게는 하지 않았을 것이다. 자식에게 풍요로운 물질을 주는 대신에 싹수 있는 인성을 가르쳐 주었더라면 개인 그 자신이나 기업이나 국가나 그런 불명예는 겪지 않아도 되었을 것이다.

## 이 세상을 변화시키는 원동력은 '싸가지'가 있는 사람들이다

내가 아는 지인은 60세가 넘은 나이에도 불구하고 고등학교 시절 어느 한 친구를 떠올리면 얼굴이 붉으락푸르락 한다. 자신을 모질게 괴롭히고 왕따를 시켰던 그 친구 이야기를 할 때마다 얼굴이 달아오르고 저주하는 말을 하는 것을 보면 참 안타깝다. 지인의 마음에 얼마나 큰 상처가 깊게 나 있는지 알 수가 있기 때문이다. 지인의 그 상대방 친구는 이런 사실을 전혀 모르고 있을 것을 생각하면 무섭기까지 하다.

이외수의 『아불류 시불류』라는 책에 보면 양심, 개념, 교양, 예의를 고품격 인간의 필수지참 4종 세트라고 정의한다. 세상에서 이것들을 갖추고 있지 않은 인간을 '4가지가 없는 인간', 또는 '싸가지가 없는 인간'이라고 표현했다. 이때 싸가지는 인성이고 자세이고 태도다. 지식과 기술은 가르칠 수 있지만 인성과 자세, 마음가짐은 쉽게 가르칠 수 없다고 했다.

060

유영만 교수가 쓴 『체인지』라는 책에서도 존중, 배려, 겸손, 감사는 교양 있는 사람들이 갖추어야 할 필수 4종 세트라고 했다. 존중보다 상대 무시, 배려보다 자기 먼저, 겸손보다 과시, 감사보다 자기 욕심만 차리는 인간을 네 가지 없는 인간, 즉, 싸가지 없는 인간이라고 하며 '악적 4총사'라고 말했다.

일본 3대 경영의 신(神)이라 불리는 마쓰시타 고노스케는 "좋은 사람이 더 좋은 세상을 만들고, 사람들을 올바르게 대접하면 기업이 더 잘되고 세상이 풍요로워지고 평화도 이룬다"고 말했다.

이 말들을 곰곰이 다시 한 번 깊이 생각해 보자. 사람을 나타내는 한자의 인(人)은 두 사람이 서로 기대고 있는 것을 그대로 표현한 것이다. 이 세상은 혼자 살 수 없으며 같이 가야 한다. 나보다 상대를 배려하고 기회를 공유해야 한다. 남을 더 높이는 겸손과 "덕분입니다"라는 감사의 말을 항상 품고 사는, 싸가지 있는 사람이 되어야 한다. 이 세상을 변화시키는 원동력은 바로 이 싸가지가 있는 사람들이기 때문이다.

# 이젠 나잇값이 아니라
# 존재 값이다

## 오늘의 인성 메시지

100세 시대, 청소년기가 연상되고 있다.

점점 인간의 수명이 길어지고 있다. 세상은 빠르게 발전하며 변화의 속도가 상상을 초월한다. 여기에 지식과 정보는 폭발적으로 증가하고 있다. 하루에도 쏟아져 나오는 지식과 정보는 엄청나다. 그것들을 모두 습득하고 내 것으로 만드는 것은 불가능한 시대가 되었다. 이러한 정보 홍수의 시대에 더 힘든 건 사람으로 태어나 사람답게 산다는 것이다. 그것은 변화의 속도가 무진장 빨라진 이 시대에는 더 어려운 것 같다.

나는 과거에 부모와 동네 어른들에게서 사람 노릇하고 살려면 열심히 배우고 익히는 것에 충실하라는 이야기를 귀에 못이 박히도록 들었다. 그래서 그런지 누구나 철이 들면 사람들은 자연스럽게 하나

하나 배움으로 채워진다. 그리고 배운 지식으로 어른답게 생각하고 판단하며 행동한다. 이것이 20세기 시대를 살아온 방식이다. 그러나 지금 이 시대는 20여 년 동안 배운 지식으로 평생 어른 대접을 받으며 살 수 없다. 유아기와 청소년기와 청년기를 거치면서 배운 지식으로 미래를 살기에는 턱없이 부족하다.

따라서 평생 배움에 집중할 수밖에 없게 되었다. 이제 나이를 불문하고 배움에 뒤처진 사람은 구세대 소리를 듣는 것만으로 끝나지 않는다. 심하게 말하면 '버림받는' 시대가 되었다. 이러한 시대 흐름을 대변하는 새로운 단어가 있다. 『새로운 성년기』를 쓴 제프리 아넷이 이 책에서 주장하는 것은 청소년기가 연장되고 있다는 것이다. 이를 '조용한 혁명'이라고 했고, 이 새로운 생애 주기를 '새로운 성년기'라고 주장했다.

오늘날 어른이 된다는 것은 신나는 일과 불확실성, 활짝 열린 가능성과 혼란, 새로운 자유와 공포를 모두 경험하는 것을 의미한다는 것이다. 따라서 아넷은 새로운 성년기에 미래를 잘 계획하고 각자의 특출한 재능과 관심, 욕구에 부합하는 최적의 기회를 얻을 수 있다는 긍정적인 의견을 제시했다. 누구나 늘어난 성년기를 잘 준비하고, 철저한 계획과 열린 사고로 쉼 없는 노력을 한다면 성공의 디딤돌을 만들 수 있다는 것이다.

063

## 100세 시대에 더 필요한 건 자기 성찰의 시간

그런데 우리는 너무 조급하다. 배움의 일선에 있는 학생들이 미분 적분을 풀 때 이것을 왜 풀어야 하는지 물어 보라. 무엇이라고 대답할까. 대다수의 학생들은 이렇게 대답할 것이다.

"좋은 성적을 받으려고요."

"수학을 못하면 대학을 갈 수 없어요."

그만큼 현실은 만만치 않다. 당장 눈앞에 있는 당면한 문제가 너무 크게 작용하기 때문이다. 따라서 학생들은 영어 단어를 암기하고 수학 문제를 풀고 논술 과제를 수행하는 일들이 가장 가치 있다고 생각한다. 청년들은 취업을 위해 자격증을 취득하고, 남보다 더 뛰어난 스펙을 만드는 일에 집중한다.

또 성인들은 직장에서 승진하기 위해 수많은 노력과 시간을 쪼개서 외국어 공부, 자격증 취득, 전문지식과 실무능력을 배우고 있다. 이러한 것이 내 삶에 어떠한 영향을 주는지, 내 삶의 목적을 실현하는데 어떻게 연결되는지에 대한 여유가 없다. 한마디로 밥그릇 싸움이 치열하다. '목구멍이 포도청'이란 말과 같이 누구도 부인할 수 없는 현실이다.

그러나 조금만 더 앞으로 내다 보자. 물론 개인에 따라 수명은 다르지만, 일단 점점 수명이 길어지고 있다는 사실에 초점을 맞추어 보자. 백세 시대다. 100세 시대에서는 청년기를 40대 초반까지 보아도 될 것 같다. 70세 전후라면 이제는 노년기가 아니라 중년층이라고 봐야 한다. 요즘 같은 시대에는 80대가 넘어야 노년층에 속하지 않을까. 그만큼 인생이 길어졌기에 삶에 대한 깊은 성찰이 필요한 때이다. 그 긴 인생을 살아가기 위해 자신의 가치를 찾는 계기를 만들어 가는 것이 현명하다고 할 수 있다,

## 나의 삶이 타인에게 여운을 줄 수 있을까

나이가 젊다는 것은 무엇과도 바꿀 수 없는 무기이고 힘이다. 나이를 먹은 중장년, 노년이라도 생각이 젊고 지적 갈망과 배움의 열정이 있다면 기회는 항상 있다. 이제 더 이상 '나잇값' 좀 하라는 말은 별 의미가 없는 세상이 되었다. 나이 먹는다고 다 철이 들고 인간답게 사는 것이 아니다.

세상이 왜 시끄러운가. 바로 '나잇값'을 못하는 어른들의 황당한 행동 때문이 아닌가. 이제는 나이를 먹었다고 존경의 대상이 되는 시대가 아니다. 이제는 '존재값'이 대세이다. 아브라함 링컨의 말에 주목하자.

"내가 바라는 것이 있다면, 내가 존재해서 이 세상이 더 좋아졌다는 것을 보는 일이다."

또 베이컨은 "아는 것이 힘"이라고 했다. 과거는 누가 많이 알고,

전문적인 지식이 있느냐가 중요했다. 앎 자체가 능력이 있고 없는 것의 기준이 되었다. 다른 사람보다 많은 정보를 알고 지식의 양이 많으면 성공의 지름길로 연결되었다. 예전에는 지식이 성공의 씨앗과 같았다. 그러나 미래에는 지식의 씨앗만 가지고 있는 것으로 해결되지 않는다. 뿌려야 할 밭이 필요하다. 밭이 없다면 아무리 좋은 씨앗도 무용지물이다. 밭은 시대의 필요와 절실함이다.

요즘 많은 사람들의 한계는 지식이 부족한 게 아니다. 그 지식을 활용할 수 없고 연결하지 못하는 데 그 한계가 있다. 실력 있는 농부는 가을에 거두는 열매로 알아볼 수 있다. 우리는 각자 자신의 인생 경영자이다. 한 사람의 지식과 정보가 만든 부와 가치를 다른 사람들과 나눌 수 없다면 그의 존재감은 없는 것이다.

100세의 긴 여생동안 내가 이루어 놓은 것이 많은 이들에게 얼마나 큰 행복을 줄 수 있는지에 따라 성공은 좌우된다. 나의 삶이 타인에게 여운을 주며 거울이 될 수 있을까. 항상 시간을 갖고 되돌아 보아야 한다. 잠시라도 바쁜 일상을 멈추고 고민해 보자. 나는 과연 지금 이 순간 '존재값'을 하고 있는가. 혹은 미래에도 '존재값'을 할 수 있을까.

하늘이 어떤 사람에게 장차 큰 사명을 맡기려 할 때는
반드시 그 마음과 뜻을 괴롭게 하고
그 몸을 지치게 하고, 그 육체를 굶주리게 하고
그 생활을 곤궁케 하여 하는 일마다 어지럽게 하느니
이것은 그의 마음을 움직여서 그 성질을 참게 하여
지금까지 할 수 없었던 하늘의 사명을 능히 감당하도록 하기 위해서이다.

– 맹자

Personality

# Part 2

---

## 인성아, 넘어지면 안 돼

남을 돕는다고 하면 보통 자신을 희생해야 한다고 생각하지만 그렇지 않다.
남을 도울 때 가장 덕을 보는 것은 자기 자신이고,
최고의 행복을 얻는 것도 자기 자신이다.
그러므로 행복한 삶으로 가는 최선의 길은 남을 돕는 것이다.
이것이 진정한 지혜다.

- 달라이 라마

# 흡혈 박쥐도 굶주려 있는 동료에게
# 피를 나누어 준다

**오늘의 인성 메시지**

'너도 살고 나도 살기'가
인생의 참된 삶의 모습이다.

우울증과 불안장애, 공황발작 등을 치료하기 위해 항우울제와 진정제인 로라제팜 등을 복용했던 독일 여객기 저먼윙스의 부기장 안드레아스 루비츠. 그는 지난 3월 24일 당시 기장이 잠시 조종실을 비운 사이에 조종실 문을 잠그고 하강 버튼을 눌렀다. 결국 그의 이 자살행위로 비행기는 알프스에서 추락해 승객 144명과 승무원 6명 등 150명의 아까운 목숨을 앗아갔다.

070

이 사건은 전 세계에 큰 충격을 안겨 주었다. 또 다른 한편으로 이 사건의 당사자인 부기장 안드레아스 루비츠를 보자면, 전형적인 '너 죽고 나 죽기' 식의 막가파 인생이다. 소외되어서 자신의 힘으로 세상 속에 존재감을 드러낼 수 없는 사람들이 이런 식으로 돌출행동을 한다. 강자에게 저항할 수는 없고, 또 혼자만 죽을 수는 없어 이런 엄청난 비극을 초래하고 만다. 어리석게도 나도 할 수 있다는 것을 이런 식으로 보여주고 만 것이다. 완전히 자포자기식의 행동이다. 같은 맥락으로 대표적인 유형이 미국의 911테러 사건이다. 또한 지금도 여전히 세계 도처에서 수많은 자살 테러 사건이 일어나고 있는 것이다.

이러한 일련의 사건들은 인간이 아닌 악마적인 행동이라 할 수 있다. 이 세상의 시작과 동시에 인간은 먹고 사는 문제가 자유롭지 못하게 되면서 생존경쟁의 치열한 삶의 전투가 시작되었다. 자연생태계에선 상대방을 죽이지 않으면 내가 죽는 적자생존의 법칙에 따라 목숨의 위협을 받는다. 아프리카 초원에서 약육강식의 생존법칙이 존재하는 것처럼 말이다.

사자가 들소나 영양 등의 초식동물을 사냥하는 것이나 고대의 인간들이 자신의 삶의 터전을 지키고 수명을 연장하기 위해서 필사적으로 투쟁한 것은 다같이 본능적 행동이다. 그러나 인간은 생각하는 능력과 지적 탐구로 동물과는 다른 삶의 터전을 만들어 갔다. 이성적인 판단으로 인간의 삶의 품격을 만들어 갈 수 있었다.

그렇지만 인간은 갑작스럽게 생기는 일과 예상치 못한 일이 발생하면 대부분 원시 시대의 본능에 따라 머리가 작동한다. 단세포처럼 행동하고 그 결과로 많은 문제를 일으키는 일이 종종 발생한다. 대한민국의 모든 사람을 충격과 집단 우울증으로 몰고 간 세월호 사건이

11강 흡혈 박쥐도 굶주려 있는 동료에게 피를 나누어 준다

대표적인 사례이다.

세월호 선장은 승객을 안전하게 목적지에 도착하도록 부여받은 임무를 지녔지만, 위급한 순간에 자기 자신의 목숨만을 생각하는 인간의 본능을 유감없이 발휘했다. 이러한 자기의 기본 의무를 망각하는 어리석은 행동은 평상시 자신이 누구인지에 대한 인간 존재론적 자각이 없었기 때문이다. 내가 왜 여기 있고 나는 누구인가를 인지하지 못하고, 자신의 삶속에서 존재감이 없이 살아온 결과이다. 인간 존재에 대한 주인의식이 없고 그저 본능적인 삶으로만 살아온 사람의 비극이다. 이럴 때 나타는 현상이 '너 죽고 나 살기'의 동물적 행동으로 나타나는 것이다.

## 인간으로 태어난 사실은 큰 축복이다

우리나라뿐만이 아니라 전 세계적으로도 사람으로 태어났지만 사람으로서 지녀야 할 인격과 성품을 갖추지 못한 무수한 사람들 때문에 세상은 너무 시끄럽고 혼란스럽다. 상식 이하의 행동으로 엄청난 사건이 곳곳에서 일어나고 있다. 아마 인간이 지구에 사는 한 이러한 일들은 절대로 멈춰지지 않을 것 같다.

인간으로 태어난 사실은 큰 축복이다. 비록 유한한 존재지만 한평생을 살면서 한 사람의 힘이 때로는 가치 있고 대단한 일을 해낼 수도 있다는 축복을 깨달을 때가 있다. 한편으로 인간은 매우 미비한 존재이기도 하지만, 또 다른 한편으로는 엄청난 존재가 될 수도 있다. 그것은 바로 자기 자신의 선택의 문제이다. 인간으로 태어난 이상 자신의 동물적 본능을 승화시키고 이성을 발전시켜서 영성을 빛나게 하는 것이 가치 있는 일이 아닐까 하고 생각해 본다.

이런 승화가 극단적으로 드러난 것은 예수님이 십자가에 못 박힌 사건이다. 기독교의 부활절은 죄 많은 인간들을 구원하기 위해 예수님이 십자가에 못 박혀 영원한 생명을 허락한 엄청난 사건을 기리는 날이다. 이것은 '너 살기, 나 죽기' 식의 성스러운 모습이며 아무나 할 수 없는 거룩한 정신이다. 우리는 이러한 역사적 큰 사례 말고도 주변에서 자신을 희생하면서 남을 구하는 감동적인 스토리를 많이 접한다.

자신이 죽기 전에 모든 신체 장기를 남에게 주고 떠나는 아름다운 삶의 모습을 보면 절로 마음이 숙연해지고 감동이 밀려온다. 보통 사람들은 흉내 낼 수 없는 일이며 숭고한 행동이다. 이것은 이성을 넘어 숭고한 정신과 자기 희생정신이 없으면 할 수 없는 일이다.


## 내가 중요한 만큼 남도 소중하다

그렇다면 우리는 어떻게 살아야 하는 걸까. 무엇이 진정한 삶의 태도일까. 흡혈박쥐는 하루도 빠지지 않고 밤마다 100킬로미터 이상 멀리 다니면서 동물이나 가축의 피를 빨아먹어야 한단다. 하루라도 먹지 못하면 안 된다고 한다. 그러나 흡혈박쥐가 매일같이 피를 빨아먹도록 동물이나 가축이 가만히 있지 않기 때문에 성공률이 높지 않다. 이렇게 사흘만 굶으면 죽기 일보 직전까지 간다고 한다.

그런데 이런 상황에서도 동료 박쥐가 자신의 피를 토하여 굶주려 있는 다른 박쥐에게 피를 나누어 주는 행동이 발견되었다. 동료의 도움을 받은 박쥐는 자신도 또한 다른 박쥐의 어려움을 도와준다고 한다.

한편, 자신밖에 모르고 동료박쥐가 굶어 죽어가도 모른 체하는 박쥐는 자신이 굶주리게 될 때 도움을 받지 못하여 죽게 된다는 것이다. 그래서 서로 돕고 협력하는 박쥐는 12년 정도를 살지만, 자신밖에 모르는 박쥐는 평균 수명이 3년 정도라고 한다. 이러한 흡혈박쥐의 사례를 보면서 인간의 삶이 어떠해야 하는지를 알 수 있다.

흡혈박쥐의 예를 통하여 인간이 가져야 할 삶의 태도는 '너 살고 나 살기' 식의 태도이다. 사람이 인생을 살면서 서로 돕는 이 자세가 더없이 중요하다는 사실을 다시 한번 깨닫게 해준다. 인간은 혼자 살 수 없으며, 자신이 생존하기 위해서라도 다른 사람을 도우며 살아야 한다. 인간은 상호관계를 통하여 살 수 밖에 없는 존재이다. 내가 중요한 만큼 남도 중요하고, 내 삶에 애착을 갖듯이 남의 생명도 귀하고 소중하다는 사실을 알아야 한다.

나라는 인간이 이 세상에서 어떠한 존재로 살아가야 할지 한번 고민해 보자. 어떻게 사는 것이 진정 멋진 일인가. 동물적 본능에 충실하면서 자기 자신을 위하는 삶이 더 행복할까. 아니면 나와 타인을 위해서 무엇을 할 수 있을지 고민하는 삶이 더 가치가 있을까. 어느 삶이 가장 인간다운 모습일까. 우리는 인간으로 태어난 이상 보다 더 의미 있는 일을 하며 내게 주어진 삶을 채워나가야 하지 않을까. 어느 것이 인생의 정답인지는 각자의 몫이다.

## 12강

# 말 한 마디에
# 가는 길이 달라진다

### 오늘의 인성 메시지

말(言)은 희망과 절망의 쌍곡선이다.

다음은 어느 가정의 엄마와 아들의 대화 내용이다. 엄마는 자신을 생각할 때 나름대로 멋진 인생을 살고 있다고 자부한다. 자신은 커리어우먼으로 인정받고 가정에서는 현모양처로 자녀교육에 최선을 다하고 있으며, 아직도 젊음을 유지하는 얼굴과 몸매로 자신이 있었다.

이러한 자신의 존재감에 대하여 아들은 별 관심이 없고 사사건건 불평과 불만을 토로한다. 엄마는 아들과의 보이지 않은 벽과 엇박자로 힘들어 한다. 어느 날 엄마는 아들에게 자신의 존재감을 확인 받고 싶은 생각이 들었다. 아들에게 이렇게 얘기한다.

"아들아, 학교에서 한문 배우지? 그럼 사자성어도 배우고 있겠네,

그럼 엄마가 이야기하는 것을 듣고 생각나는 사자성어 한 번 말해 볼래? 네가 맞추면 엄마가 용돈 줄게. 자, 잘 들어봐. 엄마처럼 직장에서 인정받고 요리도 잘하며 미스코리아에 준하는 미모로 어느 것 하나 빠지지 않는 사람을 사자성어로 무엇이라고 하지?"

엄마가 듣고 싶은 아들의 대답은 금상첨화(錦上添花)이다. 아들이 이렇게 대답해 준다면 얼마나 행복할까. 엎드려 절 받기이지만 이렇게 해서라도 아들이 자신을 인정해 준다면 더 없는 기쁨이 아니겠는가. 잠시 동안 무엇인가 골똘히 생각하던 아들이 대답한다.

"아, 그거요. 자아도취(自我陶醉)라고 하죠."

엄마는 실망한다.

"아니, 그거 말고 맨 앞 자가 'ㄱ'으로 시작하는 말 있잖아."

아들은 대답한다.

"아, 이제 알았다! 과대망상(誇大妄想)이죠."

엄마는 크게 낙담한다.

"과대망상이 뭐니? 아들아, 너무 하는구나. 마지막으로 기회를 줄게. '금'자로 시작하는 사자성어 있잖아."

이제야 아들은 알았다는 듯이 자신 있게 말한다.

"금시초문(今時初聞)이죠?"

## 유효기간이 없는 사랑의 쿠폰

또 다른 엄마와 아들의 이야기 장면이 있다. 나는 한 재미동포의 강연을 들은 적이 있다. 그 강사는 자신의 아들 이야기를 했다. 자신의 아내가 생일이 다가오자 중학생이었던 아들이 아내에게 '엄마의 날 쿠폰 북'을 주면서 하는 말.

"엄마가 힘들거나 도움이 필요할 때 해당되는 쿠폰을 잘라서 저에게 주시면 그 쿠폰에 적힌 일을 제가 도와드릴게요."

쿠폰 북을 넘겨보던 아내는 얼굴에 미소가 넘쳐났고, 마지막 열 번째 페이지를 열고는 뜨거운 눈물을 흘렸다고 한다. 첫 장부터 아홉 번째 장까지는 엄마 생일을 축하하며 설거지, 자동차 세차, 방청소, 쓰레기 버리는 일, 심부름 등의 잡다한 일을 시킬 수 있는 쿠폰이 있었다. 그런데 그 쿠폰들은 모두 생일로부터 한 달 안에만 효력이 있는 유효기간이 명시되어 있더라는 것이다.

하지만 맨 마지막 페이지 쿠폰에는 엄마를 사랑한다는 말과 함께 이것은 유효기간이 없는 쿠폰이라고 적혀 있었다. 또한 영원토록 끝이 없이 사랑한다는 말도 함께 말이다. 이것을 본 아내는 기쁨과 감격의 눈물을 흘렸다고 한다. 아내에게는 매우 행복한 생일이었고, 평생 잊지 못할 소중한 선물을 받았다는 이야기였다.

이런 훈훈한 이야기 속의 젊은이들도 있지만, 요즘 뉴스에서 들려오는 안타까운 사연 속의 젊은이들도 있다. 전혀 모르는 사이인 젊은

이들이 차 안에서, 혹은 텐트 안에서 함께 연탄을 피워놓고 자살한 사건이 연이어 보도되고 있다. 참 답답하다. 인생의 미래를 위한 꿈과 희망으로 에너지가 넘쳐야 할 시기에 방전된 배터리처럼 삶을 포기하는 모습이 참담하게 느껴진다.

## 마음과 마음을 이어주는 사랑의 말이 더 중요하다

앞으로도 뒤로도 갈 수 없는 절벽 위에 서 있는 처지였을까. 왜 그리 쉽게 인생의 종착역에 도착해야 했을까. 그 절박한 심정은 알 수 없다. 하지만 죽음을 생각하고 있던 이들에게 누군가가 삶에 대한 가치와 소중함, 그리고 희망을 들려줄 수 있었으면 얼마나 좋았을까 하는 절절한 마음이 든다. 모든 일이나 사건은 무슨 관점으로 보고 어떠한 생각을 하느냐에 따라 전혀 다른 길이 나타난다.

동화작가인 고정욱 씨는 동화와 소설 등을 200권 썼고 모두 300만 부 이상 팔린 유명한 작가이다. 그는 "죽는 날까지 500권의 동화책을 쓰고, 내 책이 전 세계 100개 언어로 번역되도록 만들고 싶다"고 말했다.

그러나 고정욱 작가의 꿈은 원래 의사였다고 한다. 의대에 진학해서 장애인들을 돕고 싶었다. 하지만 대학 진학을 눈앞에 두고서야 장애인은 의대에 지원할 수 없다는 걸 알게 된다. 절망감으로 방황하고 있을 때 당시 고3 담임선생님이 고정욱 작가에게 신(神)의 한 수인 말 한마디를 해준다.

"신은 인간이 문을 닫으면 창문을 열어 주신단다. 그러니 문 대신 창문으로 가면 된다"라고 용기를 주었다. 그래서 고정욱 작가는 자신의 또 다른 재능인 글 쓰는 재주에 무게를 두고 성균관대학교 국문학과를 진학하게 된다. 그 덕분에 작가의 꿈을 키울 수 있었다고 한다. 그러면서 고정욱 작가는 이렇게 덧붙였다.

"내가 좋아하는 말 중에 '어디에 던져지든 그곳에서 꽃을 피워라'라는 말이 있습니다. 어떤 처지에 있든 그걸 어떻게 받아들이느냐에 따라 삶은 얼마든지 달라질 수 있습니다."

말이란 이렇게 힘을 가지고 있다. 말 한마디에 절망하기도 하고 희망을 얻기도 한다. 이처럼 말은 무서운 것이며 또한 위대한 것이다. 따라서 말을 잘해야 한다. 상대방이 알아듣기 쉽게 정확한 발음으로 상대방에게 내 의사를 분명히 전달하는 것도 중요하다. 하지만 그보다 더 중요한 것은 말을 많이 하는 것보다 경청해 주고 상대방 입장에서 이해하고 배려하는 진심어린 말을 해야 한다는 것이다. 절망하는 이들에게 용기를 주고 마음과 마음을 이어주는 사랑의 말이 더 필요한 시대이다.

## 13강

# 오늘은 어제 죽어간 이가 그토록 원했던 내일이다

**오늘의 인성 메시지**

자신감과 의지는 삶의 가치를 높이는 시작점이다.

나는 인터넷 강의를 통해서 청소부 이야기를 들은 적이 있다. 자신의 일에 대한 가치와 인생의 의미에 대한 사례였다. 한거리의 청소부에게 "당신이 하는 일이 무엇입니까?"라고 물었다고 한다. 청소부는 "길거리를 깨끗하게 하는 청소부입니다"라고 대답했다. 똑같은 질문을 또 다른 청소부에게 물어봤다고 한다. "당신이 하는 일이 무엇입니까?"라는 질문에, 그는 "나는 지구의 한 모퉁이를 깨끗하게 하고 있습니다"라고 답변했다고 한다.

똑같은 일을 하더라도 자신의 존재감과 하는 일에 대한 긍지와 가치에 따라 전혀 다른 반응이 나온다. 바로 그 반응에 행복과 불행의 양면성이 있다는 것이다. 우리는 '너 잘 나간다'는 말을 듣고 싶어 한다. 이 말에 내포되어 있는 가장 중요한 가치는 그 사람에게 어울리는 일에 기준을 두는 것보다 그가 하는 일이 사회적 통념의 기준에 부합되느냐 하는 것이다. 단지 먹고 살기 위해 한다는 생각으로 하는 일은 노동의 수단으로만 여겨질 뿐이다. 그런 인생은 참 불행할 수밖에 없다.

일을 하는 것이 나의 삶을 연결하고 생활 속에서 타인에게 의미를 주며 성장의 동력이 될 때 행복할 수 있는 것이다. 자신감과 의지는 삶을 의미 있게 만드는 중요한 요소이다. 그리스 시인 소포클레스는 "오늘은 어제 죽어간 이가 그토록 원했던 내일이다"라고 했다. 현재 거울 속에 나의 모습이 아니라 미래의 나의 모습을 상상해 보라. 삶의 가치를 오늘보다 내일에 초점을 맞추어 가야 한다.

## 장고하면 패착하기 쉽다

또한 세계적인 베스트셀러 작가인 지그 지글러는 "일단 그곳에 도착하면 당신은 더 멀리 볼 수 있게 된다"고 말했다. 많은 사람들이 지금 당장, 미래가 보이지 않는다고 투덜거리고 있다. 하지만 우리는 앞으로 나아간 만큼 더 새로운 것이 보이고, 또 다른 목표가 보인다는 진리를 잊지 말아야 한다.

그럼 자신감을 갖기 위해서는 어떻게 해야 할까.

첫째는 자신에게 "이 정도면 되겠지"라는 말을 하지 말라는 것이다. 현재에 만족하고 한계를 긋는 순간, 그 당시에는 문제가 없다가도 결국 포기해버리는 상황이 곧 엄습해 올 것이다. 그러면 자신감을 상실할 수밖에 없다.

둘째는 호기심을 작동시켜라. 무엇을 이루기 위해서는 내가 하고 싶고 재미있고 나를 움직이게 하는 원동력이 필요하다. 그러기 위해서는 배움에 충실하고, 알려고 하는 적극적인 태도와 행동이 필요하다.

셋째는 두려워하지 말아야 한다. '이것을 내가 할 수 있을까'라는 마음이 드는 순간 우리 자신은 수동적이 되고 조심스러워진다. 그러면 자꾸 실수하고 실패에 대한 두려움이 일어난다. 이런 상황에 빠지면 결국 포기할 수밖에 없다.

'시간이 없다, 아는 게 없다, 그것은 나와 관계없다, 지금은 아니다, 나중에 한다, 그렇게 할 필요를 느끼지 못한다' 등의 생각은 나 자신을 앞으로 가지 못하게 하는 중요한 장애물이다. 너무 생각이 많으니 마음에 여유가 없고 나중으로 미루게 되는 것이다. 그렇게 미루면 안전하고 더 나은 결정을 할 수 있다는 착각을 한다. 하지만 바둑 격언에 "장고하면 패착하기 쉽다"는 말이 있다. 우물쭈물하다가는 영국의 극작가 겸 소설가인 버나드 쇼의 묘비명처럼 '내 이럴 줄 알았어!'의 탄식만이 나올 뿐이다.

## 성공하는 사람은 자신이 원하는 것을 알고 있다

성공하는 사람은 자신이 원하는 것을 알고 있기 때문에 그 일에 대한 자신감과 용기가 있다. 그래서 의사결정 능력이 빠른 것이다. '지금 바로'에 가치를 부여하는 사람은 앞에 장애물이 많고 실수나 실패의 위험요소가 산재되어 있어도 머뭇거리지 않는다. 확실한 것은 이러한 사람이 '나중'에 가치를 두는 사람보다 앞서가는 사람이 된다는 것은 분명하다는 사실을 잊지 말아야 한다.

"감 잡았어"라는 말이 있다. 무언가를 터득했다는 것이다. 방향이나 흐름을 알게 되었다는 것이다. 그러면 자신감이 생긴다. 자신감은 자신의 인생의 신무기가 될 수 있다.

"자신감의 아들이 누구인지 아나요? 저는 결심이라고 말하고 싶습니다. 결심은 자신감이 없으면 절대로 할 수 없는 행동입니다."

『희망을 쏘다』의 저자인 지그 지글러는 결심의 종류에는 세 가지가 있다고 했다. 입으로 하는 결심과 마음으로 하는 결심, 그리고 행동으로 하는 결심이다. 이중에서 최고의 결심은 입과 마음과 행동을 동시에 하는 것이라고 했다. 흐르는 물도 바위나 절벽을 만나면 힘차게 떨어지며 웅장한 소리를 발하는 폭포가 된다. 또 서쪽으로 저무는 태양도 구름을 만나면 붉게 타오르는 노을을 만든다.

공부하고 싶은 마음이 들면 지금 바로 시작하라. 무엇을 배우고 싶다면 지금 바로 행동으로 옮겨라. 그것을 시작하고 배우고 행동하는 일이 쌓여서 자심감이 생겨나면 더 많은 기회도 오는 것이다. 결심하자. 말로만 해야 한다고 하지 말고 피할 수 없으면 즐겨라. 그것이 지혜로운 사람의 태도이다. 자연스럽게 해결될 것이 아니라면 미루지 말고 자신감을 가지고 지금 당장 실행해 보자.

## 14강

# 생각을 바꾸면
# 행동이 바뀐다

## 오늘의 인성 메시지

인생은 생각하는 대로,
상상하는 대로 이루어진다.

올림픽 수영 종목에서 22개의 메달을 획득하고 그중 18개 금메달을 목에 건 선수가 마이클 펠프스이다. 펠프스는 어릴 때 감정 기복이 심하고 어느 하나에도 집중하지 못하는 산만한 아이였다고 한다. 진단 결과 주의력 결핍, ADHD(과잉행동장애)라는 판정을 받게 된다.

너무나 많은 문제를 가진 펠프스를 부모는 포기하지 않았다. 수영이 ADHD 행동에 도움이 된다는 말을 듣고 수영을 가르치게 된다. 펠프스 선수는 처음엔 물을 무서워했다. 그러나 펠프스 선수의 어머니는 끊임없이 자신감을 심어 주었다. 항상 웃는 얼굴로 "너는 할 수 있어!"라고 격려해 주었다. 또한 수영 선수 출신인 누나들의 헌신적인 도움으로 드디어 펠프스 선수는 물에 대한 공포증을 해소하게 되었다고 한다.

물에 적응하기 시작하자 펠프스 선수의 집중력은 눈에 띄게 좋아졌다. 시간이 흐를수록 모든 것을 마음대로 할 수 있는 물속이 펠프스에게는 천국 같았다. 물 밖보다 오히려 물속에 있을 때 더 편안함을 느끼는 신기한 일이 일어났다고 한다. 펠프스 선수는 수영에 남다른 소질이 있었던 것이다.

집중력이 높아지면서 자연스럽게 ADHD 장애를 떨쳐내게 되었다. 고되고 혹독한 훈련도 마다하지 않았다. 결국 펠프스는 수영의 황제가 되었다. 그런데 펠프스 선수가 수영의 황제가 될 수 있었던 또 하나의 비결이 있다고 한다. 그것은 바로 상상력의 습관이다. 이 습관을 마련해준 그의 스승이자 코치인 밥 보우만의 역할이 컸다.

## 상상의 습관이 기적을 만들어낸다

밥 보우만은 펠프스가 정신적으로 강한 사람이 되기 위한 멘탈 비디오를 촬영하도록 지도했다고 한다. 매일같이 잠들기 전, 그리고 아침에 잠자리에서 일어난 후 명상을 하도록 했다. 최상의 컨디션으로 완벽한 수영 경주를 하는 것을 상상하라고 시켰다. 출발 지점에 섰을 때부터 물살을 가르고 폼 나게 수영하는 모습, 50미터 턴에서의 모

087

**14강** 생각을 바꾸면 행동이 바뀐다

습, 결승 지점에서의 호흡, 수영모를 멋지게 벗어내고 물안경을 벗으면서 환호하는 동작까지를 모두 상상하게 했다.

또한 경기를 할 때나 연습할 때 똑같은 음악을 반복적으로 듣도록 했다. 연습을 실전같이, 실전을 연습같이 하는 것처럼 마음 상태를 만들었다는 것이다. 펠프스는 밥 보우만 코치의 지시대로 오감을 통하여 느끼며 반응하고 집중하는 습관을 매일 반복했다.

이러한 상상습관 반복 훈련은 수영이 일상생활 속에 스며들게 했다. 이 훈련 덕분으로 펠프스는 올림픽처럼 긴장되고 경직되기 쉬운 시합에서도 자연스럽게 몸이 반응했다. 그 결과 차분하게 최상의 경기를 하게 되었다. 항상 가장 먼저 결승점에 들어오는 선수는 펠프스였다. 이러한 승리의 원동력은 역시 경기에서 이기는 상상력 습관 때문이었다.

수영 경기는 펠프스에게 일상이 되었다. 그리고 습관이 되었다. 이 점이 우리가 기억해야 할 포인트이다. 우리가 너무 잘 알고 있는 명언으로 "생각을 바꾸면 행동이 바뀌고, 행동을 바꾸면 습관이 바뀌고, 습관을 바꾸면 성격이 바뀌고, 성격을 바꾸면 인격이 바뀌고, 인격을 바꾸면 운명이 바뀐다"는 말이 있다. 심리학자이자 철학자인 윌리엄 제임스가 한 말이다. 또 독일의 유명한 시인인 라이너 마리아 릴케도 습관에 대하여 이렇게 이야기했다.

"오늘의 이 맑은 아침, 이 순간에 그대의 행동을 다스려라. 순간의 일이 그대의 먼 장래를 결정한다. 오늘 즉시 한 가지 행동을 결정하

라. 나쁜 습관을 버리고 좋은 습관을 가져야 한다. 오늘 그릇된 한 가지 습관을 고치는 것은 새롭고 강한 성격으로 출발한다는 것을 의미한다. 새로운 습관은 새로운 운명을 열어줄 것이다."

• 우리의 나쁜 습관을 떠올려 보고 내가 왜 이 습관을 계속 하고 있는지 스스로에게 질문해 보자.
• 그리고 이 습관이 나의 삶에 어떠한 영향을 주고 있는지, 어떻게 하면 나쁜 습관을 바꿀 수 있는지 고민해 보자.

## 15강

# 습관이 인생을
# 결정짓는다

### 오늘의 인성 메시지

좋은 습관 만들기 공식은
21일 이상 66일 반복이다.

"나는 당신의 영원한 동반자이다. 나는 당신에게 가장 큰 힘이 되기도 하고, 가장 무거운 짐이 되기도 한다. 나는 전적으로 당신의 명령을 받는다. 나를 잡아 길들이고 훈련시키고 단호하게 통제하면 나는 당신의 발밑에 이 세상을 바칠 것이다. 그러나 나에게 굴복해 사는 것을 선택한다면, 내가 당신을 파괴할 것이다. 나는 누구일까?"

정답은 습관이다. 이 내용은 『습관의 힘』의 저자 찰스 두히그가 한 말의 일부이다. 저자는 습관이란 "어떤 시점에서는 의식적으로 결정하지만, 이후엔 생각조차 하지 않으면서도 거의 매일 반복하는 선택"이라고 말한다. 우리가 매일 반복하는 행동의 대부분은 의사결정의 결과가 아니라 습관의 결과라는 것이다. 따라서 좋은 습관은 인생의 성장과 삶을 돕지만, 나쁜 습관은 걸림돌이나 실패의 원인을 가져다줄 수 있다고 한다.

습관(習慣)이란? 어린 새가 날갯짓을 연습하듯 매일 반복하여 마음에 꿰인 듯 익숙해진 것이라고 정의한다. 즉, 여러 번 반복하여 노출하거나, 자동으로 행동하게 되는 것이다. 사람은 살아가면서 수많은 일이나 행동을 하게 된다. 그런데 매번 할 때마다 습관이 되어 있지 않으면 우리의 뇌는 사소한 일에도 집중하게 된다. 이렇게 모든 일에 뇌가 신경을 많이 쓰다 보면 더 큰일, 중요한 일에 집중할 수 없다. 뇌는 쉴 틈이 없어져 스트레스를 너무 받게 된다. 결국 과부하에 걸려 수명까지 단축될지도 모른다.

## 좋은 습관은 우리에게 에너지를 준다

본능적으로 뇌는 우리가 자주 반복하거나 몸에 익숙해지면 크게 집중하지 않아도 반복할 수 있다. 습관은 뇌가 인지한 정보를 자연스럽게 반복적으로 할 수 있도록 한다. 나는 매일 안양에서 성남으로 약 20킬로미터를 운전하여 직장에 도착한다. 너무나 익숙한 길이라 어느 때는 나도 모르게 마법처럼 목적지에 도착해 있을 때가 있다. 의식하지 않아도 나의 뇌는 나를 학교에 데려다준 것이다.

그러면 깜짝 놀란다. 몇 킬로미터를 아무 생각 없이 운전한 셈이다. 그러나 나의 뇌는 이 길을 인지하여 일정한 행동(엑셀레터, 브레이크, 방향지시등)과 교통 흐름에 맞추어서 나를 목적지까지 안내한 것이다. 이것이 습관의 힘이라 할 수 있다. 사람들이 하는 행동 중 40에서 50퍼센트는 스스로 결정하고 행동하는 것이 아니라 습관적으로 행동한다는 것이다.

습관이 없다면 우리는 항상 어떤 일을 할 때마다 매번 처음 하는 것처럼 긴장하고 집중해야 한다. 스트레스도 그런 스트레스가 없을 것이다. 매번 모든 걸 새롭게 배워야 한다면 온종일 녹초가 되고 말 테니까 말이다. 그렇게 되면 쓸데없는 시간과 에너지가 많이 소모될 수밖에 없다. 비약하여 예를 들자면 매일 하는 젓가락질에도 전력투구를 해야 할 것이다. 그럼 즐거운 식사도 중노동이 되어버린다. 우리의 뇌는 과부하의 늪에 빠져 허우적거릴 것이다. 결국 더 이상 아무것도 할 수 없는 지경에까지 이르게 된다.

우리 뇌는 용량이 초과되어 새로운 지식과 정보를 습득할 수 없다. 창의적인 생각으로 발전시키는 일은 더더욱 용납되지 않는다. 한 번에 할 수 있는 용량이 매우 제한되어 있는 우리의 뇌, 그래서 습관화되면 힘을 적게 들여도 쉽고 편하게 일을 처리할 수 있다. 이처럼 습관의 힘은 우리의 에너지를 또 다른 더 중요한 일에 집중할 수 있도록 도와주는 역할을 하는 것이다.

# 사소한 습관이 우리의 평생을 결정한다

몸에 밴 습관은 우리에게 익숙하고 반복적으로 행동하는 일에 대하여 뇌의 활동을 극소화하도록 도와준다. 또한 보다 더 집중할 수 있는 일에 우리의 에너지를 사용하도록 도와주는 것이다. 결론적으로 습관은 나 자신의 인생을 좌우하게 해준다. 그러면 좋은 습관을 계획하고 만들어 가는 시간은 얼마나 걸릴까?

2009년 영국 UCL(University College London)에서는 습관을 만드는데 걸리는 시간에 대해서 실험을 했다. 참가자에게 새로운 행동을 12주 동안 매일 반복하도록 했다. 그 결과 새로운 행동이 익숙해질 때까지 걸리는 시간은 21일로 나타났다. 그 행동을 하지 않았을 때 오히려 불편해지는 시간은 66일로 나타났다.

따라서 어떤 행동을 66일 동안 매일 반복하면 그 후부터는 무의식적으로 습관이 된다는 실험 결과를 얻었다. 매일 이어지는 사소한 습관도 우리의 하루를 결정한다. 그 습관이 한 달, 일 년, 평생을 간다. 그래서 습관은 무서운 것이다. 습관은 한 사람의 인생을 멋지게 연결시킬 수도 있고, 반대로 비참하게 할 수도 있다.

시간은 누구에게나 공평하고 덧없이 흘러간다. 그러기에 누구나 10대나 20대, 30대나 40대, 50대나 60대를 지나 인생의 황혼기를 맞이한다. 시간을 흘려보내고 자신의 삶을 돌아보면 후회뿐이고 후회할 줄 알면서도 똑같이 반복한다. 결국 후회하지 않는 삶을 사느냐

그렇지 못하느냐를 갈라놓는 가장 큰 힘은 습관이다. 담배만 피우지 않는 습관만 가져도 폐암에 걸릴 확률이 줄어들고, 매일 삼십 분씩 걷는 습관만 가져도 수명이 몇 년씩이나 늘어난다는데, 습관이 운명을 좌지우지한다는 건 맞는 말 아닌가.

## 포기하는 것도 습관이고, 이기는 것도 습관이다

동아사이언스지 〈습관의 뇌 과학〉에서 읽은 기사가 생각난다. 미국의 과학주간지 〈사이언티픽 아메리칸〉지에 MIT 뇌·인지과학과의 앤 그레이빌 교수가 기고한 내용을 보면 놀라운 사실이 있다. 우리 뇌에는 '습관 회로'라는 것이 있단다. 우리가 어떤 행동을 반복하다가 이 회로에 걸려들면 그 습관에서 좀처럼 벗어나기가 어렵다는 것이다

그러면서 나쁜 습관을 극복하는 방법을 제시했다. 첫째는 먼저 일상에서 할 수 있는 일을 알려 준다. 우선 습관을 유발하는 '계기'를 없애는 것이 중요하다고 한다. 즉 TV 프로그램에 많은 시간을 빼앗긴다면 집에서 아예 TV를 없애는 것이다.

둘째는 좋은 습관을 들이기 위해서는 거꾸로 '계기'를 부각시켜야 한다. 예를 들어 아침에 운동을 하기로 했다면 전날 밤 현관 앞에 운동화를 갖다 놓는 식이다. 사실 계획을 세워 놓으면 말이 쉽지, 실천

은 어려운 법이다. 그러나 처음에 반복적으로 조금만 노력하면 좋은 습관이 생길 수 있다. 좋은 습관을 가지기 위해서는 의지력이 역시 매우 중요하다는 걸 다시 깨닫게 해준다. 결국 습관은 우리 삶의 질을 결정한다. 어떤 습관을 가지느냐에 따라 인생의 성공과 실패가 결정된다. 우리 삶은 결국 반복되는 습관으로 이루어진다. 습관적인 행동과 생각이 인생을 좌우하는 것이다.

승률 10퍼센트인 그린베이 패커스팀에 부임한 롬바르디 감독은 1년 만에 승률 60퍼센트의 팀으로 변모시켰다. 슈퍼볼 출범 이래 9년간 총 5회 우승이란 기념비적인 팀으로 바꿔놓았다. 그 힘은 어디서 온 것일까. 항상 지는 것에 익숙해 있던 선수들에게 롬바르디 감독은 이렇게 말했다.

"한 번 포기하는 것을 배우면 그것은 습관이 된다. 이기는 것도 습관이다. 불행하게 지는 것도 습관이 된다. 따라서 연습이 완전함을 만드는 것이 아니라 완전한 연습만이 완전함으로 남는다."

롬바르디 감독은 이런 신념으로 선수들에게 이기는 습관을 만들어 주었다.


## 습관은 인생의 대들보 역할을 한다

그러면 우리는 어떻게 습관을 바꿀 수 있을까. 가장 좋은 방법은 내 삶의 에너지가 되고 집중할 수 있는 새로운 습관을 받아들이는 것이다. 세계적인 부자 빌 게이츠가 자신의 성공 습관에 대해서 "다른 사람의 좋은 습관을 나의 습관으로 만든 것"이라고 이야기한 것처럼 새로운 습관을 들이는 것이야말로 가장 좋은 방법이다.

스타벅스의 회장인 하워드 슐츠는 매일 새로운 사람과 점심을 먹는 습관이 있다고 한다. 다양한 사람들을 만나면서 인적 네트워크를 확장하고 새로운 사업 구상을 할 수 있었단다. 또 이 습관으로 미래 흐름을 예측하는 안목을 갖고자 했다고 한다.

한편 워런 버핏은 매일같이 한 권의 책을 읽는 습관이 있었다고 한다. 새롭게 읽은 책 내용을 업무에 반영하고, 실천 가능한 방법을 접목한 결과 사업이 번창하게 되었단다. 그 습관의 힘으로 결국 세계 최고의 부자라는 명성을 얻은 것이다. 이처럼 성공한 사람들은 좋은 습관을 반드시 가지고 있다. 블레즈 파스칼도 "습관은 제2의 천성으로 제1의 천성을 파괴한다"고까지 이야기했다.

우리 사회에 소위 말하는 공부짱, 몸매짱, 얼짱 등 짱들이 많다. 이들의 공통점은 하루아침에 이루어진 것이 아니다. 습관이 생기도록 꾸준히 지속적으로 노력한 결과이다. 하루에 30분을 운동에 투자하는 습관만 가져도 잔병을 없애고 건강한 삶의 주춧돌을 놓을 수 있다. 또 하루를 시작하기 전 10분의 명상과 함께 오늘 해야 할 일을 중요도에 따라 추진하는 습관이 필요하다. 아무 생각 없이 닥치는 대로 하루를 시작하고 즉흥적으로 행동하는 습관과 비교할 때 큰 차이가

096

나는 것이다.

　사람은 살아가면서 천재지변처럼 스스로 통제할 수 없는 일도 많이 마주친다. 그러나 습관은 우리가 통제할 수 있는 영역이다. 일찍 일어나는 습관, 30분 운동하는 습관, 매일 독서하는 습관 등 마음먹기에 따라서 얼마든지 실천 가능한 것이 많다. 현재의 나의 모습은 과거 삶의 결과이고, 지금 나의 습관은 미래의 거울이 되는 것이다. 습관은 인생의 대들보 역할을 한다. 바람직한 삶의 태도와 생각이 미래를 바꿔 놓는다. 실천하는 좋은 습관은 마치 기초가 튼튼한 건축물처럼 인생을 반석 위에 세운 집처럼 만들어 줄 것이다.

097

———————

사는 것이 중요한 문제가 아니고,
바르게 사는 것이 중요한 문제이다.

– 소크라테스

———————

# 사람은 성장하고 있거나 썩어가고 있거나 둘 중 하나다

## 오늘의 인성 메시지

성장하려면 뿌리부터 넓고 깊게 뻗어라.

100

요즘 자동차를 타고 도심지역이나 신도시에 있는 아치형의 터널을 지나갈 때 시멘트로 굳어진 윗부분에 나무들이 심어져 있는 것을 볼 수 있다. 회색의 시멘트 위에 깊지 않은 흙이 나무의 뿌리를 지탱해 주고 있다.

회색 건축물이 밀집되어 있는 삭막한 도시 환경을 희석시키는 나무는 미관상 보기도 좋지만, 보는 사람들의 마음에 안정과 휴식을 주기에 안성맞춤이다. 그러나 이 나무는 흙이 깊지 않은 관계로 큰 나무로 자라기는 어려울 것이다. 때로는 등산하다 보면 정상 근처에 나무가 자라기에는 악조건인 바위 틈바구니에서 뿌리가 노출된 채로 서 있는 나무를 볼 수 있다. 아니, 서 있다는 것보다는 버틴다는 말이 더 어울릴 정도로 간신히 자라고 있는 나무 말이다.

정말 주변에 흙이라고는 아무것도 없다. 그 열악한 조건에서 뿌리를 내리고 뒤틀린 모습으로 자란 나무를 보면 자연의 위대함을 느낄 수 있다. 결코 포기하지 않고 생을 이어가는 나무가 대견하다. 거목으로 자라기는 어렵겠지만 나름대로 주변과 어우러져 한 폭의 그림으로 존재하기엔 충분하다.

나무의 뿌리와 굴곡진 줄기, 강인해 보이는 잎사귀가 나를 반성하게 만든다. 터널 위에 자라고 있는 나무나 혹은 산 정상에서 견디고 있는 나무의 공통점은 무엇일까.

뿌리가 뻗어나가기 어려운 여건에서 이 나무가 생을 이어가는 비결을 통해 우리는 인생의 교훈을 얻을 수 있다. 나무는 아래로 아래로가 아니라 옆으로 넓게 뿌리를 뻗어가고 있다. 아주 멀리 뻗어간 뿌리는 커다란 암석에 움푹하게 패여서 고인 물을 만나기도 한다. 비가 와서 물이 고인, 기적처럼 아주 작은 샘물인 셈이다. 아주 오랫동안 시간이 걸려 고인 물을 만나는 뿌리는 결국 나무의 생을 이어가게 해주는 기적이다.

## 거목이 되고 싶은 것은 나무의 꿈이다

상식적으로는 만물이 따뜻한 봄날, 햇빛이 가득하고 봄비가 충분히 내리면 식물이나 곡식은 하루가 다르게 잘 자란다. 그러나 나무나 꽃이 자라기에 충분한 날씨가 지속되면 식물은 뿌리 발달을 멈춘다고 한다. 그리고 뿌리를 깊게 뻗어 내리지 않는단다. 이런 식물들은 한여름에 홍수나 태풍이 오면 뿌리째 뽑히는 일이 발생하게 된다. 뿌리가 얕으니 당연한 결과라 할 수 있다.

물이 충분하고 원하는 만큼 빠르고 쉽게 충족이 되는데 뿌리를 깊이 내릴 필요가 없다. 열악한 환경과 물이 부족해야 물을 찾기 위해서 뿌리가 안간힘을 다하여 뻗어가는 것이다.

대나무는 씨앗을 뿌린 지 4에서 5년이 지나도 싹이 안 나온다. 겨우 땅 위에 삐죽 나온 죽순밖에 보이지 않는다고 한다. 대나무의 성장은 땅 위에서 이루어지지 않고 땅속에서 이루어지기 때문이다. 약 5년 정도 지나면 대나무는 땅 위로 자라기 시작한다. 하루에 20센티미터 이상 쑥쑥 뻗어 오르고, 얼마 되지 않아서 25미터까지 솟아오른다고 한다.

땅속에 있는 5년간 깊숙이 내린 섬유질 뿌리 구조가 넓고 깊게 퍼져나가면서 많은 수액과 양분을 빨아올리는 것이다. 그래서 더 높이 자랄 수 있는 여건을 만들어 놓기 때문에 대나무는 웬만한 비바람에도 쓰러지지 않는다고 한다. 나무는 높이 뻗어 올라가는 경쟁을 한다. 키가 크고 둘레가 굵은 거목이 되고 싶은 것은 나무의 꿈이다.

큰 나무에는 더 화려한 꽃이 핀다. 그리고 열매는 더 크게 맺힌다. 또 큰 나무에는 많은 새나 동물들이 삶의 터전을 삼고 살아간다. 큰 나무 하나가 여럿 생명들을 품고 사는 것이다. 이런 나무를 보면 그 존재만으로도 참 아름답게 느껴진다. 바로 우리에게 행복을 주는 나무이다.

## 참된 위대함은 과거보다 한 걸음 앞서 나가는 데 있다

거목이 되기 위해서는 땅 밑에 보이지 않는 뿌리의 견실함이 반드시 필요하다. 땅속은 어둡고 차가우며 공기는 희박하다. 또한 많은 미생물과 벌레들이 우글거린다. 뿌리가 뻗어가는 것을 방해하는 돌과 암석 덩어리도 만난다. 그러나 이런 난관을 뚫고, 뿌리는 성장의 동력을 만들어 간다. 위로 뻗은 만큼 아래로 뻗어 내린 뿌리의 힘에 따라 성장의 높이가 달라진다는 사실을 알아야 한다. 높은 건물일수록 기초가 단단하고, 깊고 튼튼한 토목설계가 필요하듯이 말이다.

사람도 키를 키우기 위해서는 충분한 섭식과 영양 보충이 필요하다. 뿌리가 뻗어 간다는 것은 더 많은 영양분을 흡수할 수 있는 계기도 된다. 마찬가지로 성숙한 인간이 되기 위해서는 성장은 불가분의 원칙이다. 성장에 필요한 단계마다 충분한 삶의 영양분, 즉 강인한 의지와 동기유발로 열정의 영양분을 끊임없이 흡수해야 한다. 그래야 사람도 제대로 성장할 수 있다. 가장 높이 자란 나무는 많은 햇빛과 자란 만큼 넓은 공간을 차지하는 것이다.

미국의 영화 배우인 앨런 아킨은 "사람은 성장하고 있거나 썩어가고 있거나 둘 중 하나다. 가만히 있으면 썩는 것이다"라고 말했다.

인도 속담에도 "참된 위대함은 다른 사람보다 앞서가는 데 있는 것이 아니라 자신의 과거보다 한 걸음 앞서 나가는 데 있다"라고 했다. 어제의 나를 넘기 위해서는 생각의 근육, 마음의 근육, 정신의 근육을 강하게 해야 한다.

마치 나무의 뿌리가 암석 덩어리를 뚫는 자연의 위대함처럼, 또한 부러진 뼈는 붙으면 더욱 더 강해지는 것처럼 열정의 뿌리를 뻗어 가야 한다. 열정의 에너지가 아래로 깊고 넓게 뻗어 갈수록 위로 솟아오르는 성장의 동력은 가속될 것이다.

# 완벽한 조건,
# 최상의 상태를 꿈꾸지 마라

척박한 환경, 최악의 상태가
성장의 동력이 될 수 있다.

105

우리나라에서 주민보다 군인이 더 많이 거주하는 지역이 있다. 힌트를 준다면 대부분의 땅이 군사 시설과 군사 보호 구역으로 묶여 있는 곳이다. 특별한 역사 유적지도 부족하며 겨울이 되면 혹독한 추위가 여지없이 엄습하는 지역이다. 확실한 힌트를 주자면, 우리나라 겨울철 축제의 대명사가 된 산천어 축제가 열리는 동네이다.

이 정도가 되면 누구나 알 것이다. 바로 강원도 화천군이다. 우리나라에서 가장 먼저 추위가 찾아오는 곳이기도 하다. 화천군은 수도권에서 매우 멀리 떨어져 있다. 딱히 어떤 흥미나 호기심을 갖기 어려운 척박한 환경이었다. 그러나 기발한 발상으로 이곳은 변모되었다. 매년 100만 명의 관광객과 외국인까지 찾는 관광코스로 바뀐 것이다.

화천군은 가장 추운 지역에 속하기 때문에 겨울이 되면 모든 하천과 강이 꽁꽁 어는 환경이다. 추운 날씨 때문에 아무것도 할 수 없는 곳이라고 생각되었다. 하지만 역발상으로 이 추운 날씨를 활용한 것이다. 1급수에만 산다는 산천어와 얼음을 연결시키자 새로운 성장의 동력으로 작용한 것이다.

화천군의 강은 낚시하는 사람들의 안전에 중요한 30센티미터 이상의 얼음 두께에 매우 적합한 곳이다. 산천어 축제는 인간 본연의 마음을 읽은 기발한 축제라고 나는 말하고 싶다. 우선 단단한 얼음에 구멍을 낸다. 그 다음에 간단한 낚시 미끼로 누구나 적당한 인내심을 발휘하면 펄펄 뛰는 산천어를 잡아 올리는 손맛을 느낄 수 있다.

이렇게 아주 간단한 메커니즘으로 초대박의 관광 상품을 이뤄낸 것이다. 추위를 견디며 작은 노력으로 어느 정도 시간이 지나면 길이 20센티미터 이상의 월척을 낚을 수 있다는 희망이 이 관광 상품의 핵심 포인트가 아닌가 싶다. '나도 하면 된다'는 작은 성취감이 이 축제에 매혹되는 비밀일 것이다.

## 인생의 악조건들은
## 먼 훗날 최상의 조건이 될 수도 있다

　최근 스포츠는 개인의 역량뿐만이 아니라 선수의 장단점과 첨단의 단계적 프로그램을 통하여 최고의 선수를 키우는 추세이다. 이러한 추세라면 당연히 선진 스포츠의 강국들이 마라톤에서도 최고의 결과를 내야 한다. 그러나 이상하게도 중장거리 육상이나 마라톤에서는 예외인 경우가 많다. 마라톤 강국은 아프리카의 이디오피아와 케냐가 대표적인 나라이다. 왜 그럴까. 이디오피아와 케냐의 공통점은 모두 해발 고도가 높은 나라이며 가난하다는 것이다.

　가난하기 때문에 잘 먹지 못해서 살찌기가 어렵다. 또 교통 수단의 부재로 두 다리로 뛰어다니는 생활이 일상이다. 고산지대라는 악조건은 상대적으로 폐활량을 좋게 하고 심장을 튼튼하게 만들었다. 이러한 척박한 환경은 42.195킬로미터를 달리는 마라토너에게는 최상의 신체 조건을 만들어 준 것이다.

　정조 치세어록에 보면 '척박한 땅의 백성은 부지런하고 기름진 땅의 백성은 게으르다'고 했다. 동남아 지역의 나라는 논농사를 매년 3모작까지 할 수 있다. 1년 내내 변함없는 날씨와 풍성한 수확은 결국 사람들을 게으르게 하는 문제를 낳았다.

　그러나 우리나라처럼 추운 겨울을 보내야 하는 사람들은 살아남기 위해 열심히 노력할 수밖에 없었다. 그것이 성장의 원동력이 된 것이다. 인생의 악조건들은 뒤집으면 먼 훗날 최상의 조건들이 되는 경우가 많다. 성공한 사람들의 인생 여정을 보아도 마찬가지다. 악조건을 이겨낸 인간 승리의 사례가 아주 흔한 편이다 .

## 자신이 가진 것에 집중하자

우리나라에서 대학수학능력시험을 보는 날에는 회사에 출근하는 시간이 한 시간씩 늦어지고 각종 행사도 제약을 받는다. 압권인 것은 30여분 진행되는 영어 듣기 평가에는 하늘을 나는 비행기의 경로도 변경된다. 심지어 이 · 착륙까지 통제받는 나라가 대한민국이다.

전국에서 동시에 실시되는 시험에 똑같은 조건과 최적의 환경을 제공한다는 교육부의 방침 때문이다. 국민 대다수의 정서를 고려한 가장 합리적인 처방이다. 인생에 있어서도 대학수학능력시험을 잘보고 고득점을 얻어 좋은 대학에 입학하는 것은 성공의 중요한 열쇠이다. 그러나 실제 인생의 여정은 절대로 완벽한 환경과 최적의 조건이 평등하게 부여되지 않는다. 우리가 반드시 기억해야 할 현실이다. 실제 현실 속에서도 이렇게 완벽하고 공정한 환경을 꿈꾼다면 아마 그 사람은 몽상가일 것이다.

완벽한 조건, 최상의 상태를 꿈꾸지 마라. 이런 일은 결코 일어나지 않는다. 열악한 조건, 최악의 상태, 척박한 환경에서도 자신의 역량을 발휘하고 주어진 조건에서 최상의 방법을 찾아야 한다. 그래서 멋진 방향으로 연결하는 삶이 진정 위대하다고 생각한다. 악조건을 견디고 도전해 보지 않은 사람들은 약한 바람에도 쉽게 넘어진다. 금방 포기해버리는 사람이 될 수 있다.


## 약점을 강점으로 만드는
## 창의적 마인드가 인생의 지혜이다


그렇다면 인간에게 척박한 환경이란 무엇일까. 유전적으로 특정 능력이 부족하거나, 환경적인 요인으로 오랫동안 습관화되어 쉽게 고쳐지기 어려운 상황을 의미한다. 그러나 척박한 상태의 이면에는 반드시 숨겨진 보물이 있다.

유전적으로 다리가 없이 태어나거나 사고로 장애를 입어 다리를 못 쓰는 사람의 경우에도 반전은 있다. 손을 많이 활용할 수밖에 없게 되면서 손의 힘이 일반인보다 2배 이상 강해진다고 한다. 그 손의 장점을 활용할 방법을 찾아 보아야 한다. 없는 것과 부족한 것에 대해 애착을 갖는 것보다 자신이 갖고 있고 할 수 있는 일에 집중하는 것이 더 현실적이다.

어차피 우리는 이 세상에 던져졌다. 완벽한 환경이 아닌 그저 그렇고 부족함이 많은 환경이다. 그걸 인정해야 한다. 자신의 단점을 단점이라고 정의하지 말고 새로운 관점으로 보라. 그러면 부족함이 장점으로 연결될 것이다. 강점도 활용 못하면 결국 약점이 되는 것이다. 그 진리를 잊지 말고 최상의 여건이 올 때까지 기다리는 어리석음을 부디 벗어나길 바란다. 가진 것에 감사하고 그걸 적극적으로 활용하라.

나뿐만 아니라 대부분의 사람들은 모두 어느 부분에선 다 부족하다. '나도 하면 된다'는 적극적인 행동만이 희망을 부여잡을 수 있다. 인생을 멋있게 사는 것은 있는 것을 잘 활용하는 것이다. 없는 것에 목매지 마라. 약점을 강점으로 만드는 창의적 마인드가 성장의 동력이라는 사실을 한순간도 잊어선 안 된다. 인생의 바로 그 숨겨진 진실을 아는 것이 오늘을 사는 지혜이다.

# 인생은
# 예행연습이 없다

인생을 살아가기 위한 설계도가 필요하다.

111

인간의 수명이 점점 길어지고 있다. 현재 우리나라 평균 수명은 80세를 넘어 앞으로 100세 시대가 도래할 것이라고 한다. 과거에는 나이 60세 이상 사는 것이 흔한 일이 아니어서 60세를 장수의 기준으로 정했다. 하지만 이제는 60세가 넘으면 환갑 잔치를 성대히 하던 모습도 추억이 되고 있다. 요즘 길거리에서 만나는 60대 분들을 노인이라 하지 않는다. 요즘은 최소한 70세는 넘어야 할아버지, 할머니라는 말이 어색하지 않게 되었다.

문명과 의학의 발달로 사전에 병을 예방하고 건강관리가 가능해지면서 장수 시대가 열린 것이다. 인생의 나이를 하루 24시에 적용해 보자. 100세를 기준으로 하여 하루로 계산해 보자. 그러면 할아버지라는 말을 듣는 70세는 오후 5시에 해당한다. 80세 나이도 저녁 7시이니까 아직 밤이 아니다. 어느 정도 활동할 수 있는 시간대이다. 50세란 나이는 그럼 어디쯤일까. 정오를 가리키는 시간이다. 즉, 50대와 60대는 한창 인생을 즐기고 최고의 능력을 발휘할 수 있는 때이다. 가장 화려한 인생의 꽃을 피우고 탐스럽게 열리는 열매를 기대하며 행복해야 할 나이인 것이다.

30대 나이는 오전 7시에서 8시 사이이고 40대는 10시 전후이다. 즉 하루 일과 중 30대 나이는 일을 시작하기도 전이다. 40대는 이제 막 일을 열심히 하기 위해 워밍업 하는 단계이다.

그렇다면 10대와 20대 나이는 하루 일과 중 언제인가. 10대 나이는 새벽 2시에서 3시 전후이고, 20대 나이는 새벽 4시를 갓 넘은 시간이다. 깊은 숙면의 시간이다. 다시 말하면 밤 사이에 휴대폰 배터리를 충전하듯이 에너지를 충전하는 시간인 것이다.

인간은 생체 리듬으로 볼 때 밤이나 새벽에는 우리 몸이 쉬어야 한다. 이때 잠을 자지 않고 활동한다면 하루 종일 몸이 말을 듣지 않게 된다. 꾸벅꾸벅 졸게 될 지도 모른다. 또한 피곤하여 집중도 되지 않는다. 자꾸 짜증이 나고 스트레스가 쌓여서 만사가 귀찮아진다. 공부를 하거나 일을 하는데 많은 문제를 초래하게 된다. 따라서 밤에는 무조건 자야 한다.

## 긴 안목으로 인생을 설계해야 한다

인생의 시기에 있어 10대, 20대는 어떤 시기인가. 그것은 인생을 하루 일과로 본다면 오전 9시가 되는 30대, 조금 늦어진다면 10시 전후의 40대에 전력투구하기 위해서 충분한 숙면을 취하는 시간대이다. 에너지를 100퍼센트로 충전하는 시기인 것이다.

인생의 오전 9시나 10시부터 저녁 6시까지, 조금 더 가면 7시까지 최고의 능력으로 일을 할 수 있는 때이다. 효율적이며 생산적으로 가동하여 많은 결과물이 나오도록 만드는 것이다. 이런 인생이 진정 멋진 삶이 아니겠는가.

그러면 여기서 깊은 숙면은 무엇을 의미하는가. 그것은 나를 알고 자신의 진정한 모습을 발견하는 걸 비유한다. 내가 세상 속에서 어떠한 존재로 무슨 일을 하며 살 것인지 고민하는 시기이다. 이때가 나에게 어떤 의미를 가지는지를 분명하게 인지하고 판단하는 것이 중요하다.

다시 말하면 인생을 설계해야 한다는 것이다. 인생의 마스터플랜을 만들어야 한다. 설계도가 있으면 일은 매우 쉽고 빠르게 진행된다. 인생의 설계 도면을 미래지향적으로 만들어라. 100년을 내다보는 안목으로 건축물의 용도와 방법을 구체적으로 설계하라. 그럴수록 건물은 더 독창적이고 멋지게 만들어질 것이다.

그런데 지금 우리는 너무 빨리 일어나고 너무 조급하게 행동하고 있다. 남보다 앞서 가려면 빨리 행동해야 한다고 믿는다. 또한 남보다 먼저 가져야만 인생이 성공할 수 있다고 믿는다. 따라서 목적 지향 중심이 아닌 수단 중심 지향주의가 팽배하게 되었다. 그것의 단초는 바로 좋은 대학에 입학하는 것이다. 긴 안목과 미래에 대한 구상이 없기 때문에 대학 4년 생활만을 위하여 너무나 많은 것을 희생하고 있다.

## 행복으로 가는 연결 고리를 찾아라

대학 생활의 4년이란 시간은 100세 시대의 단 4퍼센트에 지나지 않는다. 아주 짧은 시기이다. 또한 우리가 착각하고 있는 것이 대학 4년의 세월이 인생을 좌우할 것이라는 막연한 믿음이다. 대학 생활이 절대적으로 우리 인생을 결정할 것이라는 무모한 생각을 하고 있다. 이런 논리라면 대학을 나온 사람들은 인생이 술술 잘 풀리기만 해야 한다. 하지만 뉴스를 통해 봐도 얼마나 많은 고학력자들의 비극적인 결말이 전해지는가. 작은 시련에도 금방 무너져버리는 어이없는 결정들이 많다. 일류대를 나와서 사업에 실패를 해서 가족까지 모조리 죽이는 엄청난 판단 착오를 하는 사연도 있다.

반면에 대학을 못 나온 사람들은 인생이 과연 첩첩산중이어야 할까. 아니다. 고등학교만 나와도 좋은 기술을 배우고 착실히 저축을 해서 자기의 편안한 보금자리를 마련해 행복하게 살아가는 사람들도 많다. 이처럼 인생은 가변적이다. 대학 말고도 얼마든지 다른 기회가 있다. 단지 행복으로 가는 그 연결 고리가 되는 포인트를 찾으면 누구나 인생이 달라질 수 있다.

그래서 인생은 재미있는 것이다. 많은 대학생들이 졸업을 하고 왜 힘들어하는가. 그것은 인생의 설계도가 미비하거나 잘못되었기 때문이다. 인생의 설계도가 없는 것은 마치 무정란을 품고 있는 어미 닭과 같다. 아무리 품고 있어도 병아리는 탄생할 수 없다. 사춘기가 무엇인가. 방황하고 마음대로 하는 시기가 아니다.

인생의 설계도가 없는 이 시기에 인생의 무(無)에서 유(有)를 창조하기 위한 설계도를 구상해야 한다. 성공한 인생들의 멋진 건축물을 보고 물어보며 배우는 것이다. 인생은 예행연습이 없다. 시험 삼아 살아보고 판단하는 것이 아니기 때문에 심한 갈등과 많은 고민이 필요한 것이다.

따라서 방황은 청소년기의 권력이다. 청소년 시기를 마음껏 즐겨라. 청소년 시기에 많은 생각을 하고 방황을 하라. 청소년기의 방황은 나를 바른 길로 발전시키는 원동력이다. 하지만 여기서 방황은 일탈을 말하는 것이 아니다. 한 가지 목표로 일관되게 자신을 틀 속에 가두지 않고, 이것저것 가능성을 많이 고민해 보라는 말이다.

청소년기의 방황은 자신을 성장시키는 원동력으로 사용해야 한다. 훌륭한 인생의 설계도를 그리기 위한 자양분이 되어야 한다. 그런 방황은 희미하고 초점이 맞지 않는 안경을 낀 것처럼 답답할 것이다. 하지만 청소년기의 방황이라는 어두운 긴 터널을 빠져나오면 다른 세상이 분명히 존재한다. 어둠은 걷히고 밝은 세상이 나타날 것이다. 모든 것이 보다 선명해진다. 이처럼 제대로 된 설계도를 갖기 위한 방황은 인생의 화려한 여정으로 연결될 수 있다.

# 행복의 열쇠,
# 멘토를 만나라

## 오늘의 인성 메시지

꿈꾸는 것을 도와줄 존경의 대상자이자,
안내자를 만나는 것은 매우 중요한 일이다.

117

미국의 〈어벤져스〉라는 영화의 일부분을 한국의 마포
대교에서 촬영한 것이 화제가 된 적이 있었다. 그런데 영화 촬영 과
정에서 자살한 젊은이의 사체가 발견되었다고 한다. 마포대교는 우
리나라에서 가장 많은 자살 현장이라는 불명예도 동시에 갖고 있는
다리이다.

서울시 자료에 따르면 5년간 245명의 자살 시도가 있었고 이중에
서 25명이 사망했다. 2010년에는 23명이 자살 시도를 했고, 2013년
에는 93명으로 4배 증가했다. 또 2014년 상반기에만 103명의 자살
시도가 있었다. 그래서 마포대교는 자살다리라는 오명이 있다.

이러한 문제를 해결하고자 모 기업체에서 다리 난간에 사람이 지

나가면 센서가 인식해서 불이 켜지는 등불을 설치했다고 한다.

"밥은 먹었어요?"

"많이 힘들고 아프죠?"

"심장이 터질 것같이 힘껏 한 번 달려보세요."

"시원하게 한 번 얘기해 봐요."

이런 문구가 빛과 함께 나타나며 삶을 포기하려던 마음에 작은 동요를 일으켜 자살을 어느 정도 막는 역할을 하고 있다고 한다. 인생의 마지막 순간에 공감해 주고 어루만져 주는 글귀에 다시 한 번 희망을 품도록 한다. 실낱 같은 생명을 이어가도록 용기를 주는 것이다.

그런데 자살하려는 사람이 또 다른 자살하려는 사람과 대화를 하면 결국 확실하게 죽어야 할 이유와 용기가 생긴다고 한다. 그러나 태어날 때 팔과 다리가 없이 태어났지만 용기를 잃지 않고 잘 살아가는 사람도 있다. 아무것도 할 수 없는 신체구조이지만 무엇이든지 다 할 수 있는 것을 세상 사람들에게 보여준 닉 부부이치라는 사람이다. 이런 멘토를 만났다면 쉽게 삶을 포기하지 않을 것이다.


## 힘들 때 조언을 받을 수 있는 멘토를 찾아라

인생에서 가장 불쌍한 존재는 누굴까. 적(敵)은 많고 도와줄 사람은 부족한 사람이라고 할 수 있다. 외로운 인생은 우울증과 좌절감이 크다. 불쌍한 인생이 되는 것이다. 열한 살 때부터 인터넷 홈페이지를 전문가만큼 잘 만드는 한 소년이 있었다. 친구들과 축구를 하거나 게임을 즐길 시간에 이웃의 웹사이트를 만들어줬다. 또 열네 살 때부터는 컴퓨터 케이블을 팔러 다녔다. 방학 때는 미디어 회사에서 인턴을 하기도 했다. 그러나 그에게 학교는 따분했다.

그날로 고등학교를 그만뒀다. 그리고 컴퓨터 프로그래머, 컨설팅사 창업을 거쳐 2007년 소셜네트워킹서비스(SNS)인 텀블러(Tumblr)를 세웠다. 6년 뒤인 2013년 5월, 그는 IT업계에서 최대 화제로 떠올랐다. 야후가 텀블러를 11억 달러(약 1조 2,000억 원)에 인수했기 때문이다. '제2의 마크 저커버그'라고 불리는 이 신화의 주인공은 바로 데이비드 카프이다.

그의 인생의 멘토는 '어른이 곧 동료'라고 말해주었던, 열한 살 때부터 프로그래밍에 필요한 HTML 관련 서적을 구해 주며 프로그래머의 길로 인도해 준 바로 그의 아버지였다. 고등학교 중퇴를 권유한 어머니도 있었다. 또 열네 살 때 재능을 알아보고 인턴십을 권유한 미디어 사업가 프레드 사이버트도 그에겐 인생의 멘토였다. 텀블러의 초기 투자자이자, 카프에게 투자의 의미와 투자받는 법을 일깨워 준 벤처캐피털리스트 비잔 새빗…… 이처럼 그에게는 멘토들이 많았다.

카프가 이렇게 성공한 인생을 살 수 있었던 것은 자신의 장점에 집중함과 동시에 수많은 사람들의 조언과 협력을 받을 수 있었기 때문이다. 문제가 생기고 일이 꼬이며 해결 방법이 좀처럼 보이지 않을 때 혼자서 고민하지 마라. 내가 하는 일과 지금 내가 가야 할 길, 미래에 대한 불안과 초조, 그리고 내가 잘하고 행복할 수 있는 방향은 어디인지 궁금할 때 조언을 받을 수 있는 멘토를 찾아라.

우리는 어떻게 살아야 할까. 인생을 살면서 쉴 새 없이 많은 질문에 부딪힐 때 같은 수준, 같은 생각을 가진 사람과 해결책을 대비한다면 결국 아무것도 얻기 힘들 것이다. 주변 친구를 동역자로, 부모를 조력자로, 학교 선생님을 협력자로 삼아야 할 것이다. 자신이 꿈꾸는 것을 도와줄 존경의 대상자이자 안내자를 만나는 것은 인생에서 매우 중요한 일이다. 내 인생의 멘토는 나를 정신적으로 성장시키며, 올바른 길로 인도해줄 것이다. 훌륭한 멘토를 만나는 것이 가치 있는 인생을 살 수 있는 지름길이다.

120

# 오늘보다 내일이
# 더 좋은 일이 많을 거야

**오늘의 인성 메시지**

삶의 면역력을 키우고 긍정의 마인드로 바꾸자.

121

2014년에는 세월호 침몰 사고로 전 국민이 우울증 환자처럼 살아간 한 해였다면, 2015년에는 중동호흡기 증후군인 '메르스'로 전 국민이 공포와 두려움에 떨었던 시간이었다.

인간은 머리가 좋아서 끊임없이 노력하고 문제를 해결하면서 성장하고 발전해 왔다. 그러나 알 수 없는 미래에 대한 불안과 두려움은 인간의 한계를 통렬하게 깨닫게 해준다. 돌발적이고 예측 못한 일을 당하면 사람들은 당황하고 어찌할 줄 모른다. 그래서 늘 비슷한 시행착오와 반복되는 실수를 한다.

메르스가 우리 삶에 미친 영향은 크다. 많은 사람들이 모이는 장소나 밀폐된 공간에 가지 않게 되었다. 또 극도로 사람들과의 접촉을

꺼리며 누군가 기침만 해도 홍해 갈라지듯이 그 사람에게서 멀어져 갔다.

메르스가 전국을 휩쓸고 있을 때 상공인들이나 장사를 해서 먹고 사는 사람들은 아우성이었다. 2014년보다 더 불경기라고 말한다. 관광사업과 대형 상점들도 소비 위축으로 울상이다. 그러나 메르스 공포는 건전하고 좋은 습관을 만드는 계기도 되고 있다. 손을 자주 씻게 되었고, 밤늦게까지 거리를 배회하는 사람들이 줄었다. 또 잔을 돌려 마시던 술 문화에도 경종이 울렸다. 같은 그릇에 숟가락을 넣고 먹는 문화도 점점 꺼리게 되었다.

이제 메르스도 모두 진정이 되었다. 항상 인생이란 양면성이 있다. 아무리 험악하고 두려운 일이라도 긍정적인 측면도 남기는 것이다. 우리는 메르스 공포를 전염병 시스템도 다시 점검할 수 있는 계기로 삼았다. 전체적인 환자 관리 시스템도 재정비를 한다고 말한다.

그동안 우리나라는 메르스뿐만 아니라 그 어떤 위기들도 잘 넘겼다. 우리 민족의 최대 비극이라고 할 수 있는 6.25라는 전쟁도 엄청난 피해를 남겼지만, 우리는 잿더미에서 재건할 수 있었다. 지금도 물론 남북이 갈라진 상태이지만 말이다.

그러나 우리는 북한의 위협과 경제적 어려움에 주저앉아서 한탄하고 팔자로 생각하지 않았다. 그러했다면 지금의 대한민국은 존재하지 않았을 것이다. 우리 사회의 노년층에 속하는 세대들이 '우리도 잘 살아보세', '우리도 잘 살 수 있다'는 긍정의 마인드로 땀 흘린 헌신과 노력 덕분으로 오늘날의 대한민국이 된 것이다.


## 실패 증후군을 제거하라

미국의 심리학자이자 철학자인 윌리엄 제임스는 "우리 세대의 가장 위대한 발견은 인간이 자신의 태도를 바꿈으로써 자신의 인생을 바꿀 수 있다는 사실을 깨달은 것이다"라고 말했다. 우리는 알 수 없는 미래를 살아가고 있고, 매일 매일 삶이 어쩌면 불안과 공포의 연속이다. 하지만 우리는 윌리엄 제임스의 말처럼 태도를 바꾼다면 인생을 바꿀 수도 있는 것이다.

예측할 수 없는 미래에 불안해하면서 사는 인생은 자신을 피폐하게 할 뿐이다. 부정의 마인드보다 '오늘보다 내일이 더 좋은 일이 많을 거야', '더 많은 기회가 올 거야' 하는 긍정의 마인드가 더 나은 삶의 방향과 가치를 부여한다.

안 된다는 생각과 '나는 이것을 할 수 없어'라는 패배주의는 우리를 실패로 인도할 것이다. 만일 지금 이 순간에도 '나는 하나도 되는 일이 없어'라는 생각을 하고 있다면 당장 생각을 바꿔라. 우리는 실패 증후군을 제거해야 더 나은 미래로 갈 수 있다.

메르스는 바이러스가 변이된 일종의 감기 증상이라고 한다. 평소 몸이 건강하고 면역력이 강한 사람은 이 바이러스가 몸에 침투해도 이겨낼 수 있다고 한다. 홍역 예방 주사를 어릴 때 맞으면 홍역으로 부터 자유로운 것과 마찬가지로 강한 면역력은 온갖 질병으로부터 자유롭게 해준다.

'메르스'라는 상황과 경험은 앞으로 우리 의학계와 사회 전반에 새로운 계기를 만들 것이다. 이것으로 인간은 한층 더 강화된 면역체계와 사회 전반의 발전된 시스템을 구축할 것이라고 생각한다. 인간은 과거의 실패를 통해서 더 나은 미래로 나아가는 출구를 발견하는 것이다. 그것이 바로 인류에겐 희망이다.

내 제자 중에는 공부는 비록 못했지만 자신이 좋아하는 발명을 자신의 삶의 새로운 계기로 만들어 낸 학생이 있다. 지금 그 제자는 연간 10억대의 매출을 내며 나날이 성장 · 발전하고 있는 회사의 CEO이다. 그 제자와 함께 이야기했던 적이 있었는데, 내게 이런 말을 해주었다.

"제가 만약에 공부를 잘하는 학생이었다면 이렇게 사업할 생각은 꿈도 안 꾸었을 겁니다. 공부를 못했던 게 오히려 제 인생의 또 다른 기회였던 것 같습니다."

## 고수와 하수는 보는 게 다르다

인생이 답답하고 희망이 보이지 않는다면 절망만 하고 있지 마라.

또 다른 제자 이야기를 해볼까 한다. 이런저런 사업이 잘 안 되자 깜깜한 현실 속에서 어떻게 이 난관을 헤쳐 나갈 것인가를 고민하던 한 제자는 어느 날 새로운 생각을 떠올렸다. 개를 키우는 사람들을 위한 쇼핑 상점은 많지만, 고양이를 키우는 사람들을 위한 전문 쇼핑몰은 부족하다는 점에 착안했다. 그래서 고양이 전문 '마마캣'이라는 사업을 시작했다. 그러면서 큰 수익을 창출할 수 있게 되었다고 한다.

편안한 삶은 인간을 도태하게 만든다. 좋은 환경과 부족함이 없는 삶은 인간의 발전을 오히려 저해한다. 내 제자들의 사례처럼 어려움과 위기는 새로운 기회와 도약의 축이 되는 것이다.

프레임이 중요하다. 우리 내면의 창을 긍정의 마음으로 바꿔라. 긍정의 시선으로 세상을 바라 볼 때 우리의 인생은 발전한다. 고수와 하수의 차이는 보는 게 다르다고 한다. 절망적인 순간에도 그 상황을 반전시킬 수 있도록 관점을 변화시켜라. 우리가 좋은 사람이 되고 남에게 존경의 대상이 될 수 있는 길은 그리 멀리 있지 않다. 똑같은 상황이나 현상 속에서도 다른 것, 좀 더 새로운 시각을 가지고 바라보는 것이다. 위기의 순간에 도약할 수 있는 계기를 낚아채는 것이 필요하다. 말 그대로 위기를 기회로 만들어 내는 사람이 되는 것이다.

똑같은 것을 보면서도 어떤 사람은 좋은 것을 보고, 어떤 사람은 나쁜 것만 보는 사람이 있다. 그건 능력의 차이라기보다는 시선의 차이다. 우리네 삶은 누구에게나 결코 호락호락하지 않다. 그러나 어려운 상황을 기회로 보느냐, 아니면 어려움 그 자체로 보느냐 하는 삶의 태도에 따라 모든 것이 달라진다.

메르스를 이겨내기 위해선 면역 체계가 필요했듯이 새로운 삶의 계기를 만들 수 있도록 삶의 면역 체계도 바로 세우자. 실패에 대한 끊임없는 도전과 절망을 극복하는 훈련으로 삶의 면역력을 키우도록 하자. 매사를 긍정의 마인드로 시야를 넓혀 가자. 헬스 기구를 열심히 갖고 노는 사람은 언젠가 '몸짱'이 되듯이, 도전과 고난, 그리고 실패하는 인생의 도구를 자주 접하다 보면 언젠가는 성공하는 삶인 '승짱'이 될 것이다.

겸손하고 양보하는 마음은
인격을 완성하는 데 반드시 필요한 양식이다.
이러한 인격 완성의 양식이 떨어지면,
사람들은 교만하고 약해진다.

– 존 러스킨

Personality

# Part 3

인성아, 구름을 벗어나

사람됨은 그 사람의 행동거지에 의해서 판단되는 것이다.
그 사람의 자기소개에 의해 판단되는 것은 아니다.

– 아이작 싱거

# 인생은 눈앞에 보이는 것만이 전부가 아니다

## 오늘의 인성 메시지

인생은 열쇠가 아니라 열쇠꾸러미이다.

인생은 열쇠가 아니라 열쇠꾸러미이다. 이게 무슨 말 인지 이제부터 이야기해 보려고 한다. 세상에는 공부를 잘하는 학생 과 못하는 학생이 있다. 하지만 그건 공부만 비교했을 때의 잣대일 뿐이다. 우리는 아이들을 '공부'라는 잣대 이외에 다른 아무런 평가 기준도 들이대지 않는다. 그러면서 공부만 잘하면 다른 건 다 용서해 줄 듯이 교육을 시킨다. 인성은 어디 가버려도 아무 상관이 없다는 태도이다.

부모들도 이제는 '우리 애는 왜 공부를 못할까?'라는 말을 하기보 다 '우리 아이는 친구 관계는 잘하고 있잖아? 우리 아이는 유머가 많 고 남을 즐겁게 하는 재주가 있잖아?' 라는 다른 잣대도 생각하는 게 공평하다.

공부만 잘하고 다른 것에는 꼴등인 학생도 있다. 공부는 잘하지만 남을 배려하는 마음은 빵점이라든지 말이다. 그런데 공부는 좀 못하지만 다른 걸 아주 잘하는 아이도 있다. 어떤 아이는 상상력이 풍부해서 혹은 엉뚱한 생각을 잘해서 발명하면 잘할 것 같은 학생도 많다. 실제로도 발명을 시켜보면 놀라운 재능을 보여주곤 한다. 그런데 왜 우리는 공부 이외의 잣대를 제대로 갖고 있지 않는 걸까.

문제는 공부가 아니라 어떠한 능력을 가지고 있는지가 더 중요하다. 인간은 그렇게 단순한 존재가 아니다. 자기가 잘하는 한 분야를 발전시키면 누구나 능력 있는 사람이 될 수 있다. 모든 사람이 똑같지가 않은데 어떻게 모든 학생이 다 공부만 잘할 수 있을까. 이건 아무리 생각해도 난센스다.

그리고 인생의 문은 다양하다. 열쇠 또한 여러 개다. 우리 인생에 문이 단 하나뿐이고, 열쇠가 단 하나뿐이라는 생각을 버리자. 인생은 흔한 말로 마라톤이다. 그 긴 여정 속에서 열어야 할 문들은 수없이 우리를 기다리고 있다. 그 문을 열기 위해 선택의 순간도 역시 많다. 그런데 하나의 열쇠가 안 맞는다고 열쇠꾸러미 안에 남아 기다리는 다른 열쇠를 모두 포기해버릴 것인가. 어느 문이 더 중요하다는 건 아무도 모른다.

## 인생의 정답은 수많은 답으로 이루어져 있다

우리 인생에 수없이 놓인 문들은 인생의 끝에 도달해봐야 어느 문이 더 중요했는지 알 수 있다. 지나가는 과정에선 그 하나하나의 문을 여는 데 그저 최선을 다하면 된다. 그 자리에서 그 가치나 중요성을 판단하려고 하는 건 어리석은 짓이다.

인생은 관 뚜껑을 덮을 때까지 가봐야 알 수 있는 것이라는 말도 있다. 그 마지막 순간까지 우리는 인생의 골든벨이 울리길 기대할 수 있다. 인생은 아무도 알 수 없다. 질량 보존의 법칙처럼 우리 인생의 전체 행복의 양은 똑같다는 말도 있다.

그 누군가는 그 행복이 인생의 전반부에 가득 쌓여 있을 수도 있고, 또 누군가는 후반부에 기다리고 있을 수 있다. 매순간 최선을 다해 살면 주어진 인생의 기회와 행복을 얻을 수 있다. 하지만 섣부르게 좌절하고 포기하는 사람은 쌓여진 행복더미를 못 보고 그냥 스쳐지나가버릴 수도 있다. 우리 청춘들이 그런 어리석음을 저지르지 말았으면 좋겠다.

인생이란 지금 당장은 이것이 가장 중요하고 급하고 이것이 아니면 안 될 것 같을 때가 있다. 이걸 이루지 못하면 더 이상 기회가 없을 것만 같은 느낌. 그리고 살아가야 할 희망이 보이지 않는 긴 컴컴한 터널을 지나는 듯한 절망감……. 이처럼 당장이라도 그 나락으로 추락하는 것 같지만 인생의 길은 여러 갈래이다. 인생의 정답은 하나가 아닌 수많은 답으로 이루어져 있다. 그건 인생을 끝까지 살아본 인생 선배들이 말해주는 삶의 지혜이다.

## 인디언의 기우제처럼 될 때까지 도전하라

인생의 실마리가 안 보이면 차선책을 선택하자. 인생에는 수많은 열쇠가 있다. 하나의 열쇠가 맞지 않는다고 남아 있는 열쇠꾸러미를 내던져 버리는 어리석음을 저지르지 말자. 진정한 삶의 리더는 자신이 누군지, 행복이 어디에 있는지 매일 성찰하는 사람이다. 자신의 삶의 진정한 리더가 되자. 조바심이라는 괴물에 끌려 다니지 말고.

문을 열어야겠다는 욕심만 가득 차면 그 문에 맞는 열쇠는 끝내 찾아지지 않는다. 욕심이 눈을 가린다. 판단력을 가린다. 자라나는 학생들이 입시지옥이라는 굴레에서 벗어나서 자신의 인생의 방향을 포괄적으로 보는 자세가 필요하다. 보다 넓고 탁 트인 초원지대에서 멀리 보는 자세로 보는 것이 중요하다. 인생은 눈앞에 보이는 것만이 전부가 아니기 때문이다.

좋은 대학 간판이 없어도, 스펙이 화려하지 않아도 성공할 수 있다. 그저 입에 발린 소리라고? 아니다. 많은 사람들이 지나간 길을 살펴 보라. 정말 대단한 성공을 했던 사람들은 온갖 고난을 헤쳐 갔던 사람이라는 것을 깨달아라. 최고의 자리에 오른 사람들은 항상 자신의 처지를 박차고 일어나서 현실에 안주하지 않았던 용기가 있었다. 스스로 세상에 자신의 가치를 알리고 싶다면 어려운 환경 속에서도 포기하지 않으면 꿈을 이룰 수 있다.

인디언의 기우제처럼 될 때까지 도전하라. 비가 올 때까지 기우제를 지내라. 자신의 꿈이 이루어질 때까지 끊임없이 꿈의 문을 두드려라. 그러면 열릴 것이다. 포기라는 단어는 자신의 꿈의 사전에서 지워버려라.

인생은 단 한 장밖에 없는 필름과 같은 것, 그런데 남들과 똑같은 판박이 꿈을 꾼다면 너무 재미없는 인생이 될 것이다. 다들 똑같은 영화만 상영되는 이상한 나라의 앨리스가 되고 싶은가. 자기만의 꿈을 꾸어라. 그것이 비록 현재에는 다른 사람들에게 인정을 받지 못한다 하더라도 말이다. 그리고 반드시 명심해야 할 것은 결코 젊음의 에너지가 영원하지 않다는 것이다. 사람은 평생 에너지가 넘치는 것이 아니다. 따라서 한정된 에너지로 선택과 집중을 할 줄 아는 삶의 지혜가 필요하다. 그 지혜를 발휘하면서 인생이라는 열쇠꾸러미에서 자신의 열쇠를 찾아야 한다.

# 22강

## 짝퉁으로는
## 일류가 될 수 없다

**오늘의 인성 메시지**

명품 인생이 되자.

중국 당나라에서 인재를 등용할 때 신언서판(身言書判)의 4가지 덕목을 판단하여 관리로 임명했다고 한다. 신(身)은 몸가짐과 용모, 풍기는 차림새를 말한다. 즉, 이미지이다. 밖으로 드러난 용모와 외모가 첫 번째 기준이다. 사람을 만나면 가장 먼저 보게 되는 것이다. 언(言)은 말하는 능력과 말하는 모습에서 나타나는 성품이다. 늘 강하고 과격한 말을 하는 사람이 있는 반면에 늘 부드럽고 따뜻한 말을 하는 사람이 있다.

친화력이 있고 남에게 감동을 주는 사람이 있는가 하면, 말만 하면 주변 사람의 마음을 상하게 하고 멀어지게 하는 사람이 있다. 말의 진실함이 없고 조리 없이 횡설수설하는 사람과 궤변을 늘어놓는 사람도 있다. 사람이 하는 말로 그 사람이 어떠한 사람인지 알 수 있는 것이다.

서(書)는 필체와 문장력을 말한다. 지금은 컴퓨터로 작성되는 경우가 많아서 글씨체의 중요성이 많이 희석되었다. 하지만 글씨체나 글을 보면 그 사람의 성격과 인품을 알 수 있다고 했다. 판(判)은 사물의 이치를 알고 판단하는 능력을 말한다. 판(判)은 둘로 똑같이 나눈 것의 한 부분이라는 반(半)과 칼 도(刀)가 합해진 말이다. 그 뜻을 보면 모든 일에 칼로 똑같이 절반으로 나누듯이 분명하게 시시비비를 가려 판단한다는 뜻이다.

사회가 혼란스러운 것은 원칙이 죽어서이다. 정의가 살아 있고 누구에게나 똑같은 잣대와 기준으로 적용되면 문제되는 것은 없다. 그러나 혈연, 지연, 학연 등의 공평하지 못한 잣대로 사람을 주관적으로 판단하기 때문에 혼돈스러운 것이다.

많은 사람들이 이기적이고 자기중심적이고 자신이 최고다, 라고 생각하며 살아간다. 말 그대로 자기 멋에 살아가는 것이다. 세상의 보편적인 가치는 그들에겐 전혀 중요하지 않다. 다른 사람의 평판도 신경 쓰지 않는다. 하지만 이들도 결정적인 순간에 나락으로 떨어지면 자신이 잘못 살아왔다는 것을 깨달을 것이다. 자기 인생을 책임지고 세상으로부터 인정을 받기 위해서는 '내 이름이 어떻게 기억될까' 하는 두려운 마음으로 살아야 한다. 밤낮으로 자신을 살피는 성찰의 모습이 반드시 필요하다.

# 명품인 척 착각하면서 살아가는 것처럼
# 위험한 것은 없다

요즘 세상에는 사람들이 '명품, 명품'을 찾는다. 그러나 물건만 명품이 있는 건 아니다. 인생도 명품 인생이 있다. 그렇다면 과연 명품 인생이란 무엇인가. 세상에 흠 없는 사람은 없다. 그러나 멋진 인생으로 살아가는 사람들도 많다. 자신의 허물과 약점을 보완하고 단련시켜서 훌륭한 인생을 만들어간 사람들이다. 이런 사람들은 내키는 대로, 하고 싶은 대로, 되는대로 사는 것이 아니라 항상 자신을 되돌아보는 삶을 산다. 그래서 칭찬받는 인생, 명품 인생을 탄생시킨 것이다.

원 베네틱트 선교사는 명품 인생이 되라는 책에서 이렇게 말했다.

"명품을 부러워하는 인생이 되지 말고, 내 삶이 명품이 되게 하라. 내 이름 석 자가 최고의 브랜드, 명품이 되는 인생을 만들어라."

아무리 명품으로 치장을 하고 명품 시계를 차고 다녀도 허송세월하며 시간을 낭비하는 사람이라면 그 사람 자체는 아무것도 아니다. 아무리 좋은 명품 가방을 가지고 다녀도 그 안에 들어간 내용이 지저분하면 무슨 소용이 있겠는가. 아무리 명품 옷으로 온몸을 걸치더라도 인격이 부족하고 덕이 부족하다면 아무런 의미가 없는 것처럼 말이다.

명품 브랜드가 만들어지고, 명품으로 인정받고 사랑받는 것은 그렇게 만만한 것이 아니다. 오랜 시간을 통해 노력해서 검증을 받은 결과이다. 하물며 물건도 그러한데 사람은 오죽하겠는가. 멋진 인생, 명품 인생이 되는 건 정말 어려운 일이다. 내 인생을 명품 인생으로 만들겠다고 결단만 해선 안 된다. 명품의 기준에 맞게 쉼 없이 노력하고 훈련해야 한다.

명품인 척 흉내만 내서는 안 된다. 짝퉁으로는 일류가 될 수 없다. 겉모양이 명품처럼 생겼다고 자신이 명품인 척 착각하면서 살아가는 것처럼 위험한 인생은 없다. 또한 짝퉁 인생이 통하는 사회라면 그 사회만큼 위험한 곳도 없다. 명품 인생으로 살아가는 것을 포기하고 진짜 행세를 하는 가짜들이 설칠 때 진짜 명품까지 망가지게 된다.

평소에는 짝퉁 가방과 진짜 명품은 구분하기 어렵다. 그러나 우산이 없는데 갑자기 비가 오면 명품 가방은 가슴이나 옷 속에 넣고 뛰지만, 짝퉁 가방일 경우에는 머리를 가리는 용도로 쓰이게 된다고 한다. 결정적인 순간에 명품을 알아차릴 수 있다는 뜻이다. 사람도 마찬가지다. 진짜 명품 인생은 위기의 순간에 빛이 난다. 그러나 짝퉁 명품 인생은 위기가 오면 당장 무너진다.

세상은 점점 발전하고 지식은 나날이 늘어나는데 왜 세상은 점점 혼란스러워지는 걸까. 그 이유는 인생의 진짜 삶의 모습보다 남에게 보여주는 위장된 삶을 더 중요하게 여기기 때문이다. 자신의 기준이 아니라 세상의 기준에만 맞추어 살아간다면 가짜 인생이 아닐까. 자기의 삶을 살지 않고, 남의 삶을 살다 가는 미련한 인생은 버려라. 지금 당장 자신을 챙겨라. 그래야 혼돈에서 벗어날 수 있다. 진짜 자신의 모습을 아껴라. 그래야 자신의 기질대로 행복하게 살 수 있다. 자신의 좋은 인성을 잘 챙겨라. 그래야 명품 인생에 가까워질 수 있다.

명품은 하루아침에 되지 않는다는 것을 반드시 기억하자. 즉, 최고가 되기 위해서는 오랜 시간이 걸린다. 또한 명품 인생은 많은 시행착오를 겪으며 완성이 된다. 그리고 끊임없이 연구하고 노력해야 한다. 남에게는 없는 자신만의 독특한 개성을 성장시킬 우리는 진정한 명품 인생을 즐길 수 있다.

# 23강

# 인생도 카이로스의
에너지가 필요하다

## 오늘의 인성 메시지

싹수 있는 인생은 카이로스의 시간 개념으로 산다.

헬라어에서는 시간의 개념을 크로노스(Chronos)와 카이로스(Kairos)로 나눈다. 크로노스는 물리적 시간이다. 누구에게나 주어진 24시간의 개념이다. 오늘이 지나고 내일이 오는 것과 같은 흘러가는 시간의 개념이다. 하지만 카이로스 개념은 특정한 시간을 의미하며 매 시간이 서로 다르다.

과수원에 배나무가 있다고 하더라도 바로 배를 딸 수 없다. 봄에 배꽃이 피고 여름에 충분한 햇빛과 자양분을 받으며 농부의 땀이 모아질 때, 즉 가을이 되어야 한다. 밥솥에 쌀을 넣었다면 이 쌀이 익는 때가 있다. 새 생명이 탄생하려면 때를 기다려야 한다. 엄마 뱃속에서 성장하여 이제 나올 수 있는 때, 이런 때를 가리켜서 카이로스라고 한다.

봄을 알리는 전령사인 벚꽃이나 개나리가 꽃을 피우는 것은 영상 15도의 온도에 이르러야만 가능하다. 1도, 아니 0.1도만 모자라도 꽃은 피지 않는다. 바로 이 15도가 크리티컬 매스(critical mass)라고 한다.

물리학의 개념 중에 임계질량이란 용어가 있다. 이 개념은 어떤 핵분열성 물질이 일정한 조건에서 스스로 계속해서 연쇄반응을 일으키는 데 필요한 최소한의 질량을 말한다. 핵물질이 일정한 필요충분조건을 갖추면 스스로 연쇄반응하며 엄청난 에너지를 발산하듯이 인생도 카이로스의 에너지가 필요하다.

크로노스가 시간의 길고 짧은 개념만 있다면, 카이로스는 시간을 어떻게 선택하고 활용하느냐의 문제와 관련이 있다. 크로노스가 누구에게나 주어지는 공평한 시간이라면, 카이로스는 목적이 분명한 시간이다. 그리고 그 목표를 이루기 위한 구체적인 시간 계획이다. 또 자신이 집중하는 주관적인 시간인 것이다.

## 카이로스라는 새로운 시간 개념으로 바꿔라

보통의 사람들은 자신에게 주어진 시간을 크로노스의 흐름에 맡겨 놓고 목적 의식 없이 살아간다. 그러면서 크로노스의 시간을 따라 그냥 시간이 차면 저절로 이루어지면 좋겠다고 생각한다. 책상에 앉아 있으면 그냥 성적이 올라가고, 대학을 자연스럽게 갈 수 있다고 생각하는 것처럼 말이다. 부모들은 자녀가 대학을 졸업하면 취업도 잘되고, 결혼도 잘 할 수 있을 거라고 생각한다. 이런 생각들을 하는 사람은 바로 크로노스의 시간대로 사는 인생이다.

우리는 크로노스를 카이로스라는 새로운 시간 개념으로 바꿀 때 원하는 것을 얻을 수 있다. 인생을 무엇으로 채울 것인가는 전적으로 나에게 달려 있다. 인생은 그냥 나이를 먹는다고, 또 세월이 흐른다고 변하지 않는다. 이 세상에 가장 싹수없는 인간이 노력하지 않고 소중한 것을 얻을 수 있다고 착각하는 사람이 아닐까. 싹수는 한 인간이 태어날 때 인간답게 살아가야 할 가공되지 않은 금강석과 같은 존재이다. 다듬고 깎고 공을 들여야 다이아몬드가 되는 것이다.

나는 〈동물의 왕국〉이라는 TV 프로그램에서 표범의 사냥 장면을 본 적이 있다. 한 마리의 표범이 산돼지를 사냥하는 장면이었다. 산돼지는 전력을 다하여 표범을 따돌리고, 삶의 거처인 굴속으로 들어가서 위기를 모면한다.

표범은 굴속으로 숨은 산돼지를 잡고자 힘쓰나 소용이 없다. 보통이 정도 되면 포기하는 것이 상식이다. 다음을 기다리면 된다. 그러나 표범은 이것을 기회라고 생각하는지 산돼지가 숨어 있는 굴 위에 납작 엎드려서 굴속을 주시한다.

## 스스로에게 인생에 대한 질문을 던지자

이러한 표범의 행동은 무려 이틀 밤낮을 꼼짝하지 않고 계속된다. 그리고 표범에 놀란 산돼지가 어느 정도 시간이 흐르자 안정을 찾았는지, 아니면 배가 고팠는지 굴속에서 나오게 된다. 순간 표범은 이틀 동안의 기다림을 보상받는다. 이 표범에게 이틀의 시간은 그냥 흘러가는 크로노스 시간이 아니었다. 산돼지라는 목표에 집중하고 구체적으로 어떻게 해야 이 사냥을 성공시킬 수 있는지를 이해하고 투자한 카이로스의 시간이었던 것이다. 표범으로서 할 수 있는 최고의 준비와 노력, 그리고 인내가 이룬 성과라고 할 수 있다.

이 표범을 보면서 우리는 무엇을 생각하게 되는가. 인생사도 마찬가지이다. 사람들이 자신의 인생 꽃을 피우고 열매를 얻기 위해서는 카이로스의 자가 발전기를 돌려야 한다. 인생의 꽃이 피지 않는 건 씨앗이 없거나 원래 꽃을 피우지 못하는 나무로 태어나서가 아니다. 단지 15도, 크리티컬 매스의 시간인 카이로스의 시간에 이르지 못했기 때문이다. 그래서 우리는 인생의 꽃을 아직 피우지 못하고 열매를 얻지 못하는 것이다.

나는 누구인가?
나는 어디서 왔는가?
나는 어디로 가는가?

여러분은 이런 질문들을 받을 때 뭐라고 답을 하겠는가.

나는 이제까지 크로노스의 시간을 살았는가?
아니면 카이로스의 시간을 살고 있는가?
우리 인생은 어디로 가는가?
무엇을 보고 가는가?
나를 살리는 것을 바라보고 가는가?

이처럼 우리는 스스로 자신에게 질문을 해볼 필요가 있다. 그리고 해답을 얻자. 이러한 질문들은 선택이 아니라 필수이며, 인생을 살기 위한 충분조건이다.

지금 이 순간 자신이 아무것도 아니고, 세상 속에 빛이 나는 꽃을 피우지 못했다고 좌절하지 마라. 단지 한 순간이 모자랄 뿐이다. 물이 끓어오르기에는 조금만, 아주 조금만 더 기다리면 된다. 그런데 우리는 그 직전에서 포기하는 삶을 살고 있지 않는가. 그러면서 세상이 자기편이 아니라고 불평한다. 싹수 있는 인생이 되자. 그리고 그 싹수에서 꽃을 피우자. 그러기 위해선 끈기 있는 마음으로 카이로스의 시간을 살아야 한다.

## 24강

# 모든 일에는
# 반드시 징후가 있다

후회하는 인생이 되기 싫으면
디테일한 행동을 하라.

미국의 한 보험사에서 근무하던 허버트 윌리엄 하인리히는 노동 관련 사고 500천여 건의 문제를 조사하다가 매우 흥미로운 사실을 알게 되었다. 산업 재해로 중상자 1명이 나오면 그 전에 같은 원인으로 경상자 29명이 있었다. 그리고 역시 같은 원인으로 부상을 당할 뻔한 아찔한 순간을 겪은 사람이 300명 있었다는 것을 밝혀냈다.

하인리히는 이 같은 이론을 『산업재해 예방 : 과학적 접근(1931)』이라는 책에서 소개했다. 그때부터 '하인리히 법칙'이 세상에 나왔다. '하인리히 법칙'은 대형 사고가 일어나기 전에 그와 관련한 작은 사고와 징후가 반드시 존재한다는 것을 밝힌 법칙이다. 즉 일정 기간에 여러 차례 경고성 전조가 있고, 이를 내버려두면 큰 재해가 생긴다는 것이다.

지난해에 일어난 세월호 사건도 하인리히 법칙에서 자유로울 수가 없을 것이다. 세월호 침몰 사건은 대한민국 모든 국민을 경악하게 했다. 우리 모두에게 엄청난 트라우마를 만든 이 사고는 매우 슬프고 안타까운 일이다. 또한 깊은 상처를 남긴 유족들의 좌절과 분노를 어찌 말로 할 수 있을까. 지금까지 드러난 정황을 종합하면 세월호는 여러 징후를 무시하다가 참사를 빚은 '하인리히 법칙'의 전형적 사례로 보인다.

사고 이후 관련자의 증언을 통해 세월호에 크고 작은 징후가 여러 가지 있었다는 사실이 드러났다. 먼저 직원들이 안전 교육을 제대로 받지 못했다는 점, 그리고 평소 항해를 할 때 생길 수 있는 다양한 위험과 사고에 대한 철저한 준비가 없었다는 점, 또한 위기 상황에서의 훈련이 부족했다는 점 등등이다. 이런 징조들을 총체적으로 요약하자면 바로 '안전 불감증'이다.

이러한 것들이 작고 사소한 300여 번의 징조인 것이다. 그리고 이 징후들을 방치한 나머지 참담한 사고가 난 것이다. 세월호가 속한 청해진 해운은 여러 불법적인 일들도 많이 저질러 온 것으로 드러났다. 침몰한 세월호의 후미를 증축해 정원을 117명으로 더 늘렸다. 배의 무게도 무려 2백 39톤이나 더 무거워졌다. 이로 인해 배의 균형이 무너져서 안정성이 떨어졌다. 또한 배의 핸들에 해당하는 조타기의 이상 징후를 무시했으며, 많은 화물을 적재하기 위해서 배의 복원력에 영향을 미치는 중요한 평형수를 조작했다고 한다.

이것이 29여 번의 작은 사고로 연결되었고 이러한 위험을 알리는 신호에 '설마, 사고가 나겠어……', '여태껏 잘 해왔는데……'라는 무반응과 무대책으로 방조하다가 결국 비극이 발생한 것이다. 천하보다 더 귀하다는 사람의 생명이 사라진 것이다, 한 사람도 아닌 300여 명이 넘는 고귀한 생명을 잃는 어처구니없는 대형사고로 연결되었다.


## 하인리히 법칙을 잊지 말자

미국의 소설가인 마크 트웨인은 "우리는 그 일이 일어날 것이라는 사실을 모르기 때문이 아니라 그런 일이 일어나지 않을 것이라는 막연한 믿음 때문에 위험에 처하게 된다"고 말했다.

이번 세월호 참사는 갑자기 일어난 것이 아니라 그 동안 우리가 잘못된 가치관을 수없이 방관하면서 방치해온 결과이다. 잘못된 습관을 그대로 내버려둔 채 '이 정도면 되겠지'라는 안일한 생각 등이 엄청난 결과로 연결된 것이다.

우리의 인생도 작은 문제나 현상, 잘못된 행동을 방치한다면 큰일을 맞이할 수 있다. 세월호가 침몰하듯이 우리의 인생도 깊은 나락으로 빠져 다시는 돌이킬 수 없는 지경으로 떨어질 수 있다.

성경에 '욕심이 잉태한즉 죄를 낳고, 죄가 장성한즉 사망을 낳느니라' 하는 구절이 있다. 사소한 것을 우습게 생각하는 것도 문제지만, 이치에 맞지 않는 생각에 사로잡혀 엉뚱한 방향을 고집하고 편법을 쓰다가 결국 잘못되는 경우가 허다하다.

홍성대의『수학 정석』은 입시를 준비하는 학생들이 반드시 꼭 독파해야 하는 필수 과정처럼 되어 있다. '정석'이란 기초부터 자신의 수준에 맞게 고려하여 체계적으로 한 단계씩 연결하여 원하는 모습이나 현상을 눈에 보이게 해서 우뚝 서는 것이라고 정의하고 싶다.

모래 위에 세운 집과 반석 위에 세운 집의 차이는 비바람이 불면 곧 드러나게 된다. 하인리히 법칙을 역으로 생각하면 나의 디테일한 300여 번의 작은 실천과 도전이 29번의 작은 성공과 삶의 자신감을 준다는 사실을 명심하자. 이러한 삶이 연속으로 이어진다면 결국 한 번, 아니 그 이상의 커다란 인생의 성공과 성취감을 가져다 준다는 사실을 잊지 말자.

## 25강

# 무언가를 얻으려면
# 제대로 미쳐라

**오늘의 인성 메시지**

세상을 변화시키고 싶다면
먼저 자신을 변화시켜라.

인류 역사에 또 하나의 이정표를 세우고 새로운 기록을 낳은 사람이 있다. 오스트리아 스카이다이버 펠릭스 바움가르트너는 비행 기구를 타지 않고 맨 몸으로 음속을 돌파하는 낙하에 성공했다. 그는 우주에서 뛰어내리는 스카이다이버가 되었다. 우주의 경계선에서 지구로 자유낙하한 펠릭스 바움가르트너는 오스트리아 출신의 익스트림 스포츠 선수이다.

"우리가 얼마나 작은지 알기 위해선 가장 높은 곳까지 올라가 봐야 합니다."

펠릭스 바움가르트너는 이 말을 남긴 뒤 해발 약 2만 9,547미터 상공에서 지구를 향해 훌쩍 뛰어내렸다. 보호복과 헬멧만 착용한 채

4분 20초 동안 자유 낙하를 한 그는 '맨몸으로 음속을 돌파한 최초의 인간'이 됐다. 바움가르트너가 뛰어내린 해발 약 2만 9,547미터 상공은 에베레스트 산의 4배 높이, 보잉 747 비행기 운항 고도의 3배 높이가 되는 지구 대기권의 성층권이다.

가속도가 붙으면서 낙하 도중 최고 속도는 시속 1천 334.2 킬로미터, 마하 1.24를 기록했다고 한다. 역사상 처음으로 비행 기구의 도움 없이, 제트기의 도움 없이 인간의 몸으로 음속을 돌파한 것이다. 바움가르트너는 이 성공으로 '세계 최고 고도 유인기구 비행', '세계 최고 고도 자유낙하', '세계 최초 초음속 자유 낙하' 등 이렇게 세 가지 기록을 세웠다. 낙하 4분 20초 만에 낙하산이 펴졌다. 지상에 도착한 바움가르트너는 세상 꼭대기에 서면 겸손해진다는 걸 깨달았다고 말했다.

그에겐 기록을 깨뜨리겠다는 생각도 없었다. 그저 살아서 돌아오고 싶었을 뿐이라고 솔직하게 자신의 심경을 표현했다. 목숨을 건 모험이었지만, 결코 두려워하지 않는 용기와 도전 정신으로 바움가르트너는 인간의 무한한 가능성을 보여주었다. 겸손하면서도 강한 의지와 자신감으로 새로운 기록을 세운 펠릭스 바움가르트너는 인간의 한계에 도전하는 인생의 모델이 되었다.

펠릭스 바움가르트너의 낙하 성공은 우주복에 조그만 흠집만 있어도 목숨을 잃게 되는 위험한 도전이었다. 하지만 우주선에서의 비상탈출 등에 관해 소중한 연구 자료를 남기게 된다. 이번 도전으로,

우리는 나중에 우주에서 더 개선된 우주복을 입을 수 있게 될 것이다. 목숨을 건 모험을 두려워하지 않는 용기가 인간의 한계를 극복하는 데 큰 도움을 주고 있다. 또한 과학 발전의 원동력이 되고 있다.

## 사소한 차이가 명품을 만든다

영국의 스턴트맨 개리 코너리는 헬리콥터를 타고 730미터 상공에서 낙하산 없이 스카이다이빙을 하여 성공한 사람이다. 개리 코너리가 낙하산 없이 뛰어내릴 수 있었던 것은 특수 제작한 윙수트가 있었기 때문이다. 거침없이 뛰어내렸던 개리 코너리는 두 팔을 벌리면서 마치 '배트맨'을 연상시키며 낙하해 무사히 육지에 착륙했다.

그의 꿈은 낙하산 없이 높은 곳에서 뛰어내려도 사람이 안전할 수 있는 방법을 연구하는 것이다. 비록 그는 1만 3천여 개의 박스로 안전장치를 해놓은 상태에서 떨어졌지만 이렇게 말했다.

"끝난 게 아니야. 이제 시작이야. 저 상자들을 다 치워야지."

한 번의 성공에 안주하지 않고 도전을 계속하겠다는 것이다. 특수 제작한 윙수트는 새의 비행과 언날리기의 원리를 연구해 제작한 것으로 알려졌다. 낙하산 없이 인간이 하늘을 날고 지상에 안전하게 착륙할 수 있는 방법을 모색하는 꿈을 가진 개리 코너리. 남이 하지 못하는 일과 생각하지 못한 꿈을 꾸고, 그 꿈을 구체적으로 실행에 옮기는 집중력이 한 인간의 뜨거운 가슴을 요동시키는 것이 아닐까.

개리 코너리의 열정이 세상을 변화시켰다. 그리고 인간을 감동시키는 것이다. 제대로 미친 한 사람의 에너지가 세상을 다 풍요롭고 행복하게 한다. 그 에너지가 많은 다른 사람들에게 감동을 주고 도전할 수 있는 용기를 줄 수 있을 것이다.

어느 광고 카피처럼 '사소함의 차이가 명품을 만든다.' 요즘은 특히 디테일이 핵심인 시대다. 대학 입시의 당락을 가르는 것도 사실 한두 문제 차이일 때도 있다. 만약 무언가를 이루고 싶다면 열정의 온도를 언제나 100도 이상으로 유지해야 한다. 세상에는 마지막 순간까지 열정을 가지지 않고서는 이룰 수 있는 일이 아무것도 없기 때문이다.

어떤 일을 할 때에는 처음이나 끝이나 열정의 불씨를 꺼버리는 일은 없어야 한다. 소중하게 열정을 간직하면서 제대로 그 일에 미친다면 이 세상에 이루어지지 않는 일이 얼마나 될까. 세상을 변화시키고 싶다면 먼저 자신을 변화시켜라. 열정이 없는 자신을 변화시키면 내가 변하고 세상도 따라서 변한다.

# 반대로 가는 것이
# 옳을 수도 있다

한 문제에 하나의 답만이 존재하는 학교 시험이
아이들의 독창적인 생각을 막는다.

미국 방송 MSNBC 온라인판(2011. 8. 14)에서 '시험과 낙제방지법이 창의력을 낮춘다'는 보도가 있었다. 미국 윌리엄메리 대학 김경희 연구원이 2010년 미국 어린이(30만 명 대상)들의 창의성 수준이 과거에 비해 어느 정도인지에 대한 연구를 진행했다고 한다. 연구는 세계적으로 통용되는 창의력 검사인 토란스 테스트(Torrance Test)의 점수를 분석하는 방식으로 진행됐다. 이 테스트 결과, 2010 년 미국 어린이들의 창의성은 1970년대 수준으로 퇴보한 것으로 나타났다고 한다.

또 1990년 이후 약 20년 동안 어린이들이 독창적으로 생각하는 능력은 지속적으로 하락한 것으로 조사됐다. 특이한 점은 같은 기간

동안 미국 청소년들의 대학입학자격시험(SAT) 점수는 계속 높아졌다는 점이다.

전문가들은 이 같은 현상의 원인을 학교 시험이 늘어난 탓이라고 분석한다. 한 문제에 하나의 답만이 존재하는 학교 시험이 아이들의 독창적인 생각을 막는다는 것이다. 오레곤 대학교 교육심리학과 론 베게토 교수는 "학교에서 한 개의 정답만을 강요하면 아이들은 돌발적이고 신선하며 독특한 생각을 할 여지를 가질 수 없다"고 지적한다.

김 연구원은 2001년 미국 조지 부시 행정부가 야심차게 추진했던 낙제학생방지법(No Child Left Behind)이 오히려 이 현상을 가속화시켰다고 보고 있다. 이 법은 학생들의 성적을 토대로 학교에 지원하는 예산을 달리 하는 것을 골자로 한다.

## 창의적인 학생은 학교 생활을 할수록 낙오자가 될 수 있다

이 법이 시행된 이후 미국의 각 학교는 시험 횟수를 늘렸으며 시험 성적의 중요성도 크게 높였다. 김 연구원은 여기에 대해 큰 우려를 표시했다.

"낙제학생방지법을 기초로 시험의 중요성을 더욱 강조한다면 학생들의 창의적인 능력은 더 나빠질 것이고, 창의적인 개성을 가진 학생들은 학교 생활을 할수록 낙오자가 될 수도 있습니다."

노자의 『도덕경』 40장에 보면 '반자도지동(反者道之動)'이란 말이 나온다. 이 뜻은 반대로 가는 것이 옳은 방향일 수도 있다는 것이다. 즉, '남들과 반대로 가라! 거꾸로 가는 것이 성공의 열쇠다!'라는 직접 화법이다.

세상이 빠르게 변하면서 우리는 지식의 주기가 짧아지고 있다. 이전과 다른 새로운 발견과 발전은 기존의 생각과 가치에 의문점을 주는 시대가 되었다. 과거에는 많이 배우고 익히면 미래가 분명하고 확실하게 다가왔다. 하지만 요즘 시대도 과연 그럴까.

텔레비전에서 산삼을 찾아다니는 사람인 심마니의 삶을 방영한 것을 본 적이 있다. 심마니는 산삼을 찾기 위해서 깊은 계곡과 사람의 인적이 드문 곳을 돌아다녔다. 그는 길도 없는 험한 산을 넘거나 울창한 숲속을 헤맨다. 많은 사람들이 지나다는 산길은 편하고 쉽게 이동할 수 있지만 그런 곳에는 산삼을 발견하기는 어렵다고 한다. 많은 사람들이 지나가고, 또한 가고자 하는 길은 그만큼 상대적으로 원하는 것을 얻기는 어려운 것이다.

산삼은 인적이 드물고 사람들의 왕래가 적은 곳에 있다. 산삼뿐만 아니라, 우리가 무언가를 얻고자 하면 그만큼 길도 없고 험난하며 위험이 도사리고 있다. 그러나 이런 곳으로 가다보면 뜻하지 않게 희귀 버섯이나 귀한 약초, 그리고 구하기 어려운 한약재 재료가 되는 것을 발견하게 되어 심마니를 기쁘게 한다.

# 모두가 '아니오'라고 할 때
## '예'라고 할 수 있는 용기

인생도 마찬가지이다. 소중한 것은 아직 인지하지 못한 장소, 가보지 않은 곳, 해보지 않은 일에서 발견할 수 있는 것이다. 지금 많은 사람들이 각종 데이터와 관련 자료를 모으고 수집한다. 그것에 집중하면 원하는 것을 쉽게 얻을 것이라는 생각을 한다. 어쩌면 현명하고 바람직한 방향일 수 있다.

그러나 그러한 생각과 판단은 누구나 조금만 주변을 돌아보면 금방 얻을 수 있다. 길이 나 있는 곳을 따라 가면 빨리 가고 원하는 시간 내에 갈 수 있다. 하지만 많은 사람들이 바라고 원하는 길에 집중하기 때문에 공급보다 수요가 많은 구조가 되어버린다. 결국 누군가는 원하지 않는 결과를 가질 수밖에 없는 것이다.

시간은 단 한 번도 같은 적이 없다. 인생은 따라서 누구와 같을 수 없다. 남들과 다른 길을 가라. 주변의 여러 가지 장애와 반대를 물리치며 내 안의 의심과 불안을 날려 보내라. 이렇게 미지의 깊은 산속을 헤매는 심마니처럼 길을 만들어 갈 때 다른 사람들이 볼 수 없는 풍광을 즐길 수 있다.

모든 사람들이 옳다고 보는 것에는 반드시 함정이 있게 마련이다. 또 안전하고 옳은 길이 오히려 한 번 빠지면 나올 수 없는 늪과 같은 곳이 될 수 있다. 다수의 생각, 많은 사람들이 선택한 것이 반드시 옳거나 결과가 좋은 것만은 아니라는 것이다.

오래 전에 텔레비전의 광고가 인상적이었다.

"모두가 '예'라고 할 때 '아니오'라고 할 수 있는 사람, 그런 사람이 좋다! 모두가 '아니오'라고 할 때 '예'라고 할 수 있는 사람, 그런 사람이 좋다!"

사람들이 "맞아, 이거야! 이것이 정답이야!"라고 판단하고 선택한 것이 오히려 나중에는 위기를 몰고 올 수도 있다. 반대로 "이것은 아니야, 잘못하는 거야!"라고 거부하고 어리석은 일이라고 했던 것이 오히려 기회와 도약의 계기가 될 수 있다. 모두가 원하고 바라고 뜻하는 것이 정답이 아닐 수 있다는 인생의 진리를 꼭 명심하자.

―――――

착한 일을 보거든 마치 자기가 따라가도
다 행하지 못할 것처럼 서둘러 하고,
악한 일을 보거든 마치 끓는 물을 만지는 것처럼 멀리 피하라.

– 공자

―――――

# 구름 속에 가려진 태양을
# 볼 수 있어야 한다

## 오늘의 인성 메시지

본질을 꿰뚫어 볼 수 있는 눈을 갖자.

어느 농촌 마을에 쥐가 너무 많아서 골머리를 앓고 있었다. 쥐들은 마을의 공동 창고의 곡식을 축냈다. 심지어 가정집의 나무 기둥과 가구 등을 갉아먹기도 했다. 온 동네 집들이 모두 피해를 입고 있었다. 이에 마을 주민들이 모여서 대책을 의논했다. 그 결과 쥐를 잘 잡는 고양이를 마을에 풀어 놓기로 한 것이다.

고양이들을 풀어 놓자 얼마 되지 않아서 마을에 쥐가 사라지기 시작했다. 마을 사람들은 모두 대만족을 했다. 그렇게 쥐가 사라지기 시작할 쯤부터 새로운 문제가 생겼다. 그것은 고양이가 가정마다 키우는 닭을 잡아먹는 예상치 못한 일이 일어난 것이다.

또한 이 고양이들의 새끼가 번식하면서 밤마다 울어대는 바람에

불면증까지 호소하는 사람도 나타났다. 이런 일이 반복되자 마을 주민들은 고양이가 골치 덩어리라고 생각하기 시작했다.

## 당장 눈에 보이는 것이 정답은 아니다

또 다른 이야기 하나. 과거 1950년대 중국에서는 국가적으로 대약진운동을 실시하고 있었다. 그 당시 중국의 지도자인 마오쩌둥이 농촌 마을을 방문하게 되었다. 거기서 한 농부가 참새가 자라나는 곡식을 먹는 바람에 수확량에 많은 애로사항이 있다고 호소했다. 그러자 전국적으로 참새를 소탕하는 일을 국가 차원에서 실시하게 되었다. 드디어 많은 양의 참새를 소탕하게 되었는데 예상치 못한 일이 생기기 시작한 것이다.

메뚜기의 천적인 참새가 사라지고 메뚜기가 기하급수적으로 늘어나자 벼 이삭이 초토화되었다. 참새 때보다 더 많은 피해를 입었다. 곡물 수확에 막대한 지장을 초래하는 일이 발생한 것이다. 뒤늦게 이 문제를 조사해 보니 참새가 벼 이삭도 먹지만 또한 메뚜기를 잡아먹는다는 것을 발견했다. 그러니까 이제까지 참새 때문에 메뚜기의 번식이 조절돼 왔던 것이다.

이 두 가지 이야기에서 쥐, 고양이, 참새, 메뚜기는 인간의 삶에서 어떤 의미일까. 이들 이야기에서의 비유는 인생의 다양한 문제, 원치

않는 일, 황당한 사건, 당황스러운 존재, 전혀 예상하지 않았던 현상
이 일어날 수 있다는 걸 말해 준다. 그래서 해결 방법으로 마을 사람
들이 고양이를 대안으로, 중국 사람들은 참새 소탕작전을 대안으로
제시했다. 이 이야기에서 알 수 있듯이 인생에서도 당장은 눈에 보이
는 것을 없애거나 제거하면 해결될 것이라고 생각하지만 실제로 뜻
대로 되지 않는다.

이건 마치 잠이 많아서 공부에 지장을 받는 학생이 각성제를 먹고
공부하는 경우와 같다. 일시적으로는 도움이 되지만 결국 더 큰 후유
증을 가져오는 것이다. 이런 근시안적 대책보다는 근본적으로 깊이
숙면하는 패턴이나 잠이 많은 이유를 분석하여 대책을 강구하는 것
이 더 올바른 방법이다.

162

## 현상을 제대로 분별할 수 있는 눈이 필요하다

사람들은 골치 아픈 일이 생기면 자신에게서 그 원인을 찾기보다
는 다른 데서 찾는다. 자신은 잘하는데 다른 사람과 환경이 방해한다
고 한다. 그러면서 근시안적인 생각으로 근본적인 원인과 대책을 강
구하지 않아 더 큰 화근을 만든다. 바로 어리석은 사람들의 대표적인
모습이다. 이러한 사람은 남의 탓으로 돌리지 말고 자신의 무능함과
생각 없는 행동을 반성해야 한다. 단편적이고 일시적인 정답을 찾기

보다 근본적인 원인을 찾아야 하기 때문이다.

박웅현의 『여덟 단어』라는 책에 보면 "인생에 정답은 없다. 모든 선택에는 정답과 오답이 공존한다. 지혜로운 사람들은 선택한 다음에 그걸 정답으로 만들어내는 것이고, 어리석은 사람들은 그걸 선택하고 후회하면서 오답으로 만든다"라는 이야기가 있다.

제대로 보는 눈이 부족하면 보이는 현상 이면에 내재된 중요한 핵심을 놓치고 만다. 그래서 결국 어리석은 행동이나 잘못된 방법으로 스스로 더 큰 위기를 초래하기 쉽다. '백문(百聞)이 불여일견(不如一見)'이라는 말이 있다. 백 번 듣는 것보다 한 번 보는 것이 낫다는 말이다. 그러나 보는 것이 전부는 아니다. 무엇을 보고 어떻게 보느냐가 더 중요한 것이다.

학생이 공부가 안 되고, 장사꾼이 장사가 안 되고, 사업가가 사업이 안 되면, 지금 내가 무엇이 잘못되었는지 본질을 꿰뚫어 보는 안목이 필요하다. 냉철한 안목이 없다면 희망으로 시작했지만 곧 절망이라는 낭떠러지로 추락할 것이다.

내게 보이는 것을 보는 것이 아니라 내가 진정 봐야 할 것을 제대로 보고 있는지가 더 중요하다. 본질을 꿰뚫어 볼 수 있는 눈, 즉 사람, 사물, 핵심을 정확하게 보는 눈이 필요하다. 제대로 보는 눈을 가질 때 통찰력이 생기고 기회를 얻게 된다. 구름 속에 가려진 태양을 볼 수 있는 힘이 생기는 것이다. 힘들수록 시대의 흐름을 타고 현상과 본질을 제대로 분별할 수 있는 눈이 필요하다.

## 28강

# 씨앗만 좋으면
# 언제든지 기회는 생긴다

자신도 모르고 있는 신이 준 선물을 발견하자.

여름철 들판에 나가면 흔히 볼 수 있는 엉겅퀴라는 식물이 있다. 이 보잘 것 없는 엉겅퀴가 스코틀랜드의 국화라는 것을 아는 사람은 거의 없을 것이다. 여기에는 사연이 있다. 10세기 중엽 스코틀랜드에 덴마크 군이 침입했을 때 이야기다.

마지막 보루인 성을 함락시키기 위해서 소리를 내지 않도록 맨발로 접근하던 적의 척후병이 엉겅퀴를 밟아버렸다. 이 병사가 비명을 지르면서 기습이 발각되었다. 그래서 스코틀랜드에는 이 엉겅퀴 꽃이 적으로부터 나라를 구했다는 전설이 내려오는 것이다. 엉겅퀴라는 이름의 유래는 피를 멈추고 엉기게 하는 효능이 있다고 하는 데서 나왔다고 한다.

이처럼 하찮아 보이는 엉겅퀴도 자세히 들여다 보면 다른 식물에서는 찾아볼 수 없는 숨겨진 비밀이 있는데, 하물며 만물의 영장인 인간은 얼마나 많은 능력을 가지고 있을까.

그러나 많은 인간들은 자신의 숨겨진 재능을 잘 깨닫지 못한다. 다른 사람보다 훨씬 잘할 수 있는 소질을 알지 못하고, 엉뚱한 방향으로 살아가는 것이 대다수의 모습이다. 내 안에 있는 무한한 가능성의 씨앗을 발아시켜라. 씨앗이 숨겨진 사실을 망각하거나 심지어는 알려고 하지도 않는 사람들이 너무 많다.

또한 운 좋게 자신의 재능과 소질을 발견하는 경우도 있다. 하지만 자신의 숨겨진 보화를 찾아내고도 의미 있는 일에 집중하지 못하고 머뭇거리는 사람들도 많이 볼 수 있다. 한 마디로 남의 떡이 커 보인다고, 자신의 소중한 씨앗은 버려두고 세월을 낭비하는 사람들이다. 세상에서 인정하고 많은 사람들이 추구하는 가치에 흔들리지 마라. 자신의 것이 아닌 남의 것을 탐하지 마라. 나에게 없고 다른 사람에게 있는 능력을 부러워하지도 마라. 그것을 가지려고 애쓰는 것은 참 어리석은 일이다.

## 진정한 공부는
## 내 안에 숨겨진 보물을 찾아내는 것이다

　현자의 말을 빌리면, 자신의 강점에 70퍼센트 이상을 집중해야 한다. 나머지 30퍼센트는 새롭고 자신의 장점을 극대화 할 수 있는 일에 투자하라는 것이다. 이러한 배분이 가장 현명한 방법이라고 한다.

　자신의 약점이나 잘하지 못하는 것에 집중하면 쫓아갈 수는 있지만 앞서가는 것은 그렇게 만만하지 않다. 이 세상은 다양한 사람들이 모여 살고 각각의 능력과 삶의 모습이 다르다. 이것은 어떤 사람의 행복이 나에게도 동일할 수 없다는 사실을 알려주는 증거이다. 학생이라면 누구나 공부를 잘하길 바란다. 구체적으로 이야기하면 수능 점수 등락에 따라 인생의 희비쌍곡선이 달라지고 있다. 그러나 모두가 공부를 잘할 수도 없고 잘해도 안 된다.

　진정한 공부는 내 안에 있는 숨겨진 보물을 찾아내는 것이다. 그것이 사물놀이라면 사물놀이고, 발명이라면 발명이라야 한다. 김덕수 씨가 사물놀이패로 국내뿐 아니라 세계적인 예술가로 국위를 선양한 것을 떠올려 보면 쉽게 이해할 수 있을 것이다. 신이 나에게 분명히 준 선물이 있다. 이것을 알고 찾아내 인생의 승부를 걸어야 한다.

　이것이야말로 진정한 인생의 참모습이다. 또한 신이 원하는 삶이라고 생각한다. 인간은 누구나 자신도 모르는 무한한 능력과 가능성이 있다. 그러나 그것을 발굴하지 못하고 활용하지 못하는 것은 참으로 애석한 일이다.

내 안에 있는 씨앗이 어떤 씨앗이고, 어떠한 밭에 언제 뿌리면 되는지를 알면 된다. 씨앗만 좋으면 언제든지 기회는 생긴다. 내 내면의 세계를 좌우할 인생의 결정적인 계기는 반드시 온다. 그날을 준비하자. 그때까지 마음의 밭을 열심히 잘 가꾸자.

씨앗은 좋은 땅을 만나고 정성을 다해서 농부가 가꾸면 많은 열매를 거둘 수 있다. 따라서 주어진 환경이 문제이지, 환경을 극복하려는 노력만 있으면 기회는 누구에게나 오는 것이다. 밭을 변화시킬 끊임없는 정성만이 좋은 결과를 만들어 내는 열쇠가 된다. 이 세상에 거저 갖는 것은 없다. 신이 나에게 준 귀한 선물을 잘 활용하는 능력은 쉽게 얻어지는 것이 아니다. 하지만 그걸 갖게 된다면 참된 인생의 가치를 아는 것이고, 하늘의 이치에 닿는 것과 같다.

167

## 29강

# 연습은 실전같이,
# 실전은 연습같이 하라

잘되는 사람은 '무엇이 될 것인가'가 아니라
'무엇을 할 것인가'에 집중한다.

나는 우연히 케이블 TV에서 10여년 넘게 서당학교를 다니는 청년을 취재한 프로그램을 보았다. 이 청년은 유교사상과 한문교육을 통하여 선인들의 가르침을 계승·발전하여 인생의 지혜를 갈구하는 학자로서의 삶을 추구하는 청년이었다. 그는 21세기를 살아가는 필요한 전문지식을 습득하고 최첨단 교육을 제공받아 안정되고 평탄대로로 달리고 싶은 당연한 욕구도 있었다. 그러나 자신의 신념과 내면에서 요동치는 가치에 의미를 두고 남과 다르게 살아가고자 했다. 그러므로 이 사람의 삶은 도전이자 모험 그 자체이다.

이 청년의 마음 속에는 가끔 내가 가는 길이 옳은 길인지, 제대로 가고 있는지, 후회하는 삶이 되지는 않을지 등에 대한 번민과 두려움은 항상 공존한다. 이때 이 청년의 스승인 훈장님의 가르침이 감동적이다.

"요즘 공부하는 학생들은 자동차를 타고 가는 것이다. 편안하고 빠르게 갈 수 있다. 남보다 앞서갈 수 있는 여건이 되어 있다. 그러나 너의 지금 서당공부는 마치 걸어가는 것과 같다. 자동차를 타고 가는 것은 빠르게 지나가기 때문에 시야가 좁아져 많은 부분을 못 보고 못 느끼며 가는 것이다. 그에 비해 걸어가는 길은 힘들고 외로우며 매우 느리지만, 시야가 넓어지고 주변의 모든 만물을 오감과 피부로 느끼면서 가는 길이다."

배움에 있는 많은 학생들이 배움의 즐거움 없이 막연하게 공부한다. 그리고 어른이 되어서는 오로지 먹고 살기 위해서 공부하는 사람들이 적지 않다. 이제는 대학을 나온다고 다 해결되는 것이 아니다. 정말로 사회가 필요로 하는 기술과 능력을 가져야 되는 시대가 온 것이다.

## 배우고 때때로 익히면 또한 즐겁지 아니한가

인생은 모른다. 먼 훗날 어떠한 삶으로 연결이 되고, 얼마나 존재감이 있는 삶이었는지는 끝까지 살아 봐야 안다. 문제는 내가 선택하고 집중하는 일을 통하여 성취감과 영향력이 있는 인생이었는지가 중요한 것이다. 많은 사람들이 직업을 가지고 어느 정도 삶을 영위한다. 하지만 결국 모든 것을 다 이루고 나면 왠지 모를 허탈감과 공허함을 느낀다. 그 감정이 무엇인지 모르겠다는 사람들이 많다.

이화여자대학교 한국음악학 명예교수이면서 가야금 명인인 황병기 교수는 이렇게 말한다.

"세상을 살다 보면 가장 기쁠 때가 뭔가를 배울 때이고 그것이 행복이었다. 삶에서 딴 게 뭐가 있나. 논어에 보면 배우고 때때로(수시로) 익히면 또한 즐겁지 아니한가(學而時習之 不亦說乎)라는 말이 있다. 여기서 '열심히'가 아니라 '때때로(수시로)'라는 말이 참 좋다. 의무감이나 할 수 없어서가 아니라, 네가 할 수 있고 네가 하고 싶을 때 하라는 말이 아닌가."

무척이나 공감이 되는 말이다.

또 김용 세계은행 총재가 한국의 교육과 관련하여 했던 인터뷰가 생각난다.

"젊은이들이 무엇을 하고 싶은지 아는 것은 중요하다. 하지만 그보다 더 중요한 건 힘든 일을 먼저 하고 확실한 실력을 갖춰야 한다는 것이다. 입학을 위해 필요한 것은 1등 성적표가 아니다. 세상을 바꾸기 위해 얼마나 관심을 가지고 얼마나 특별하고 의미 있는 일을 했으며, 앞으로 무엇을 할 것인가에 대한 비전이 필요하다. 이런 삶을 살기 위해서는 열정과 끈기, 관심이 있고 좋아하는 분야에 대한 깊이 있는 학문 탐구와 크게 생각하는 태도가 중요하다. 그리고 여기에 신문, 책을 통하여 수시로 정보수집과 여행, 아르바이트, 인턴 등 다양한 경험을 즐겨야 한다."

## 인생은 외길이 아니라 올레길이다

부모 세대들은 자녀들이 세상에 나가기 전에 완벽한 조건을 만들어 주려고 한다. 인생의 험난한 바다 위에서 생존하고 안전한 항해를 할 수 있도록 크고 튼튼한 배를 준비해 주려고 하는 것이다.

그래서 자녀들에게 학사, 석사, 박사를 넘어 모든 것에 능통한 사람, '만사'를 만들어 주려고 한다. 삶의 여정에서 부딪치고 흔들리면서 얻는 인생 참맛을 무시한다. 지식으로 모든 것을 습득하면 아는 것이고 경험한 것이라고 착각하며 살고 있다.

스포츠 선수들에게 감독이 자주 하는 말이 있다.

"연습은 실전같이, 실전은 연습같이 하라."

이 말은 누구나 들어 본 말일 것이다. 부모 세대가 자녀 세대에게 물려주어야 할 유산은, 자신을 믿고 스스로 생각하고 판단하고 도전하는 인생이다. 즉, 무엇을 할 것인가를 끊임없이 추구하는 인생으로 살게 해야 한다. 너무 빠르게 변하는 세상 속에서 살아 남는 유일한 방법은 이것밖에 없다.

"이것이 아니면 안 돼"가 아니라 "이런 방법도 있구나!", "저런 생각도 가능하네!" 라는 열린 마음과 긍정적인 태도가 필요하다. 새로운 것에 대해 저항감 없이 받아들일 수 있는 수용력으로 인생을 설계해 가는 것이다. 인생은 외길이 아니라 올레길이다. 가다 보면 새로운 길이 연결된다. 새로운 길은 아는 것이 아니라 일단 가봐야 아는 것이다. 그래서 인생의 블루오션은 바로 여기서 발견되는 것이다.

# 30강

## 미래를 읽어라

세상에서 통하는 무기를 장착하자.

우리나라에서 공부의 목적은 좋은 대학에 입학하고 나중에는 좋은 직장에 취업하는 것을 가장 큰 가치로 여긴다. 남들보다 소위 말하는 좋은 위치, 좋은 조건, 미래를 보장할 수 있는 자리를 차지하기 위한 최선의 방책은 이 길밖에 없다고 생각한다. 그러나 빠르게 돌아가는 이 세상은 한 개인의 평생의 밥그릇을 채워주는 욕망을 산산조각내고 있다.

앞으로는 평생 직장, 평생 직업이란 용어가 사라질지도 모른다. 기업도 한가하지 않다. 끊임없이 변하고 새로운 먹거리를 창출하지 못하면 살아 남을 수 없다. 80년대와 90년대 세계의 필름시장을 석권하고 필름으로 끝까지 먹고 살 것이라 생각했던 코닥은 결국 망했다.

원인은 디지털 카메라의 공습이었다. 그러나 디지털 카메라의 발명은 코닥회사의 연구원이 개발한 제품이었다. 회사 고위관계자들은 이 연구원의 디지털 카메라를 차세대 그룹의 동력으로 연결하지 못했다. 결국 현재 상태에 안주한 결과였다.

그 당시 10년 혹은 20년 후의 미래의 모습과 시대의 흐름을 읽는 지혜로운 관계자가 있었다면 상황은 180도 달라졌을 것이다. 그리고 기업 내에서 인재를 알아보지 못한 것이 망조로 달려간 또 다른 원인이기도 했다. 뛰어난 인재의 가치를 제대로 인정해 주지 않은 것이다.

기업은 살기 위해서 끝없이 노력하고 새로운 먹거리를 찾는 데 혈안이 되어 있다. 따라서 기업은 머리가 좋고 뛰어난 인재보다 기업의 먹거리 방향과 변화에 능동적으로 반응하고 새로운 힌트를 줄 수 있는 인재를 바라고 있다. 기업의 핵심 가치는 바로 사람이다.

## 예상되는 현상이나 패턴을 읽어라

기업은 항상 기업의 가치를 높여 줄 참신한 인재를 찾고 있다. 그러나 학교 현장에서 생각하는 인재상과 기업에서 생각하는 인재의 모습을 비교하면 온도차를 느낄 수 있다. 학교 현장에서 인재는 어떤 모습인가.

배움의 중심에 있는 학교 현장에서는 학습 내용을 잘 알아듣고 문제를 잘 풀어내는 학생이 우등생이 된다. 학교는 정해진 순서에 따라 예상된 교육 과정의 틀 안에서 이루어진 내용을 충실히 수행하면 좋은 학생이라고 인정해 준다. 또 학생은 그저 수업에 충실하기만 하면 된다. 좋은 교재를 가지면 더 좋다. 추가적으로 학원을 다니면서 반복적으로 학습하면 금상첨화이다. 또 학생은 그저 예습과 복습을 철저히 수행하면 된다. 창의적인 생각 따위는 학교 현장에선 필요도 없다. 선생님의 수업을 방해할 뿐이다.

현실적으로 교사의 가르침에 집중하며 올바른 학습 태도와 쉼 없는 노력으로 1등급을 받는 학생이 인재로서 중요한 가치이다. 그러나 치열한 생존 경쟁의 현장인 기업이 원하는 인재상은 어떤 모습일까. 예상했듯이 학교 현장에서 생각하는 좋은 인재의 모습과는 완전히 다르다.

기업에겐 시대 흐름을 읽으며 예상되는 현상이나 패턴, 소비자의 니즈를 고려한 발 빠른 대응 능력이 있는 인재가 매우 중요하다. 따라서 기업에서 인재는 결과적으로 얼마나 기업에 이익을 줄 수 있는 역량이 있는지가 평가의 기준이 된다.

요약하자면, 학교 현장에서는 끈기, 인내, 노력, 이해력과 암기력, 그리고 수리 능력 등이 인재의 키워드이다. 이에 비해 기업은 창의력, 열정과 도전 정신, 판단력, 실행 능력 등이 인재의 핵심 키워드이다. 그렇다면 예를 들어 우리나라의 대표적 자동차 그룹인 현대기아차에 입사한 영업직 새내기에게 가장 중요한 덕목은 무엇일까.

## 시대의 흐름을 읽어라

성실성은 기본이고 자동차에 대한 해박한 지식을 가지고, 모든 일에 완벽을 추구하고 치밀하며 강직한 성품으로 소비자에 접근하는 인재가 있다. 또 다른 인재는 사람들과 어울리기를 좋아하고 사교성이 있으며 항상 밝고 유머가 있어 소비자의 마음을 읽어낼 줄 아는 감성을 가진 사원이 있다고 가정하자. 이 두 사람의 경우 누가 자동차 세일즈에서 좋은 실적을 가져올까.

이 기준은 소비자의 관점에서 보면 물론 예외도 있겠지만 후자일 가능성이 더 높다. 이와 같이 기업마다 이상적인 인재상은 다를 수 있다. 업무에 따라 변화무쌍하게 대응할 수 있는 카멜레온 같은 사원을 원하고 있다. 시대의 흐름에 빠르게 반응하고 새로운 환경에 대응할 수 있는 인재가 요구되는 것이다. '인사가 만사'라는 말이 그래서 나온 것이다.

뜨거운 열정과 창의적인 사고와 시대의 흐름을 읽는 도전 정신과 실행력을 가진 인재를 확보하는 것은 기업의 사활이 걸린 문제와 같다. 학교라는 물리적 배움의 자리는 오래가지 않아서 떠나야 되는 곳이다. 왜냐하면 학교에만 있어선 먹고 살 수 없기 때문이다.

사자에게 삶의 터전은 아프리카 초원 지대이지, 암사자의 보호그늘인 나무 밑이 아니다. 산다는 것은 삶의 터전을 만들며 행복을 주는 중요한 매개체가 있어야 한다. 그런데 그것이 바로 직업이다. 학교는 돈을 주고 다니는 곳이라 당당하게 요구하고 권리를 주장할 수 있다. 그러나 직장은 돈을 받고 다니기 때문에 자신의 역할을 분명히 해야 하는 곳이다.

학교라는 강을 따라 흘러가다 보면 어느새 직장, 일이라는 망망대해를 만나게 된다. 모든 것은 이 인생의 바다에서 승부가 결정되는 것이다. 학교 울타리를 벗어나 세상 밖으로 나오기 전에 충분히 대비를 하자. 나만의 무기, 즉 전문적인 능력과 빠르게 변화하는 세상에서 창의적인 지혜와 함께하는 공동체 훈련이 필요하다. 인간 관계로 자신의 인생을 개척할 공간을 확보하는 것은 선택이 아니라 필수조건이다.

양치기 소년이었던 다윗이 틈틈이 익히고 갈고 닦았던 물맷돌처럼, 그리고 페이스북의 창업자 저커버그처럼, 새로운 무기를 고안해야 한다. 나의 잠재력과 가능성의 무기가 현실화되어 새로운 먹거리로 이어지는 교두보를 만들어야 한다.

성급하지 마라, 일찍 핀 꽃이 일찍 진다.

— 채근담

Personality

# Part 4

---

## 인성아, 행복을 부탁해

세상에는 일곱 가지 죄가 있다.
노력 없는 부, 양심 없는 쾌락,
인격 없는 지식, 도덕성 없는 상업, 인성 없는 과학,
희생 없는 기도, 원칙 없는 정치가 그것이다.

– 마하트마 간디

## 31강

# 많은 사람들을 기쁘게 하는 것이 진정한 성공이다

**오늘의 인성 메시지**

남보다 뛰어난 내가 아니라
남과 다른 나를 만들어라.

말콤 글래드웰이 쓴 『다윗과 골리앗』(부제 : 약자가 강자를 이기는 기술)이라는 책에서 항상 승승장구하던 골리앗이 연약해 보이는 다윗에게 처참히 무너진다. 그것은 다윗만의 방법으로 싸운 결과이다.

이제까지 골리앗이 항상 이긴 까닭은 골리앗의 싸움 방식 즉, 골리앗이 가장 잘하는 방법으로 똑같이 상대했기 때문이다. 엄청난 키와 힘이 장사였던 골리앗이 칼과 창을 자유자재로 사용하니까 당할 사람이 없었던 것이다. 골리앗은 늘 이렇게 같은 방법으로 칼과 창을 들고 가까이 붙어서 싸움을 했다. 아무도 골리앗을 이길 수 없었다.

그러나 다윗은 강자인 골리앗의 규칙을 따르지 않고 자신의 방법으로 싸웠다. 그것은 멀리서 물맷돌을 던지는 것이었다. 이것이 약자가 강자를 이기는 방법이다. 남의 방식이 아닌 자신의 방법으로 싸우는 것 말이다. 그래야 언더 독(Underdog: 사회적 약자나 실패자의 의미)이 안 되고 탑 독(Topdog: 사회적 강자나 승자를 의미)이 될 수 있다.

또 『탈무드』에는 이런 이야기가 있다. 이 세상에는 아주 보잘것없는 존재이지만 강자가 두려워하는 것이 네 가지가 있다고 한다. 용맹한 사자는 연약한 모기를 두려워하고, 거대한 덩치를 갖고 있는 코끼리는 조그마한 거머리를 무서워한다. 그리고 독성이 강한 전갈은 독이 없는데도 파리를 무서워하고, 매서운 매는 자기보다 훨씬 작은 거미를 무서워한다.

이 이야기가 말해주는 것은 아무리 크고 힘센 자라도 반드시 약자에게 두려운 존재는 아니라는 것이다. 강자가 항상 약자보다 강하다는 건 아니라는 것을 알려준다. 또 아무리 약한 자라도 조건만 되면 강자를 굴복시킬 수가 있다는 진리를 말해주는 것이다.


## 남과 같은 생각으로는 성공할 수 없다

대학 알리미라는 자료를 인용해 보면, 2013년 4월 기준으로 주요 대학 정원 초과 학생 규모가 평균 130퍼센트 이상이라고 한다. 즉 약 30퍼센트 학생들이 졸업을 하지 않고 유보하는 것이다. 그래서 최근에 '대학 5~6학년생'이라는 신조어가 생겼다. 또한 요즘 대학생들 사이에서는 '앗싸'라는 단어가 유행한다고 한다. '아웃사이더'의 줄임말인 '앗싸'는 모든 인간 관계를 단절하고 취업 준비에 '올인'하는 학생들을 일컫는 말이다.

취업생은 갈 직장이 없다고 하고, 기업에서는 쓸 만한 인재가 부족하다고 한다. 왜 그럴까. 지금 기업의 인재상은 전문성(관심 분야의 지식), 인성(인간의 기본 됨됨이), 영성(영감과 창조성, 상상력)을 갖춘 인재를 바라고 있다. 그러나 우리나라 학생들은 전공보다는 토익공부에 매달리고 모두가 경쟁 상대인 나머지 인간 관계가 낙제점이다. 또 틀에 박힌 공부로 창의적인 사고와 미래를 내다보는 안목이 부족하다. 바로 뜬 구름 잡는 공부를 한 결과이다.

편하고 쉬운 방법만 찾는 사회 풍조, 남과 같은 생각과 방법만 쫓는 분위기, 모두가 원하는 것이 같은 사회 분위기, 이런 상태에서 경쟁은 더더욱 치열할 수밖에 없는 것이다. 모두가 공부를 잘하고 좋은 대학과 장래가 보장되는 직장을 갖는 것이 성공이라고 생각한다. 공부를 잘한다는 것은 익숙한 것에 탁월해지는 공부가 아니라, 탁월해질 수 있는 일에 익숙해지는 것이다.

다윗의 진짜 실력은 자신의 것으로 끝나지 않고 나라를 구하는 실력이었던 것이다. 진정한 성공은 좋은 직장, 좋은 직업이 아니라 내가 아니면 안 되는 일 즉, 계속해서 발전하고 사람들에게 좋은 영향력을 미치는 일이다.

# 진정한 승자는 세상을 이롭게 하는 사람이다

성경에 이런 이야기가 있다. 옛날에 어떤 주인이 다른 나라에 갈 때 그 종들을 불러 한 사람에게는 금 다섯의 달란트를 주고, 또 한 사람에게는 두 달란트, 나머지 한 사람에게는 한 달란트를 주고 떠났다.

다섯 달란트를 받은 종은 바로 가서 장사하여 또 다섯 달란트를 남겼다. 두 달란트를 받은 사람도 장사를 하여 두 달란트를 남겼다. 그러나 한 달란트를 받은 사람은 땅을 파고 그 돈을 감추어 두었다. 나중에 주인이 집으로 돌아와 보고 장사를 해서 달란트를 늘린 사람은 칭찬하고 하나를 그대로 지킨 사람은 꾸짖었다.

이 이야기는 자신의 재능이 한 달란트든, 두 달란트든, 다섯 달란트든 그 능력이 다 다르지만, 중요한 건 그 재능을 키워야 한다는 걸 알려준다. 한 달란트를 그냥 땅속에 묻어두고 그대로 한 달란트를 유지하는 사람은 자신의 재능을 키우려고 노력하지 않는 사람을 비유한다.

성경에 나오는 이 '달란트의 비유'는 남과 다른 나의 능력을 분별하고, 자신이 가진 재능으로 세상에서 쓰임 받고 세상을 이롭게 하라는 것을 말한다. 이것이 모두의 기대에 부응하는 삶이다. 또한 강자 골리앗을 자신만의 방법으로 이길 수 있었던 다윗의 현명한 모습과도 맞닿아 있다. 이런 행동을 본받아서 남과 다른 나를 만들어 인생의 승리자가 되도록 해야 할 것이다.

## 32강

# 99번의 실패가
# 성공을 만드는 열쇠이다

**오늘의 인성 메시지**

즐겁고 재미있는 일을 추구하라.

2014년 노벨 물리학상 수상자가 발표되었는데 3명의 일본 과학자들이 공동 수상자가 되었다. 그 주인공은 메이조대 교수 인 아카사키 이사무 외 2명이다.

에디슨이 발명한 필라멘트의 백열전등은 지구온난화의 주범으로 대두되면서 퇴출되고 있다. 그래서 대체 전구로 LED 조명이 대두되었다. LED 조명의 장점은 같은 에너지로 백열등의 18배, 형광등의 4배 이상의 빛을 내는 것이다. 더구나 LED는 반도체를 이용해 빛을 내기 때문에 등의 크기를 크게 줄일 수 있다는 장점도 있다.

빛의 삼원색은 빨강(Red), 초록(Green), 파랑(Blue)색이다. 이 세 가지 색깔이 있어야 모든 색을 표현할 수 있고, 조명에 쓰이는 흰빛을 만들 수 있다. 이미 빨강색, 초록색 LED는 1960년대에 개발되었다. 그러나 30년이 넘도록 파랑색 LED 조명은 좀처럼 해결 방안을 찾지 못하고 있었다. 모든 과학자가 포기하고 있을 때 1990년대 갈륨질소화합물(갈륨나이트라이드·GaN)을 이용해 마지막 남은 파랑색 LED를 상용화했다. 드디어 LED 조명의 길을 텄던 것이다.

LED 조명의 상품화를 가로막는 마지막 과제였던 '청색 LED'를 개발해서 세상에 더 나은 '빛'을 선사한 공로를 인정받았기 때문에 노벨상을 받게 된 것이다. 아카사키 교수는 수상 후 인터뷰에서 이렇게 말했다.

"유행하는 연구에 매달리지 않고 자신이 하고 싶은 일을 하는 게 최고입니다. 자신이 정말 좋아하는 일이라면 결과가 좀처럼 나오지 않아도 오래 할 수 있기 때문이죠."

## 하고 싶은 걸 하자, 문제는 재미이다!

일본의 다나카 고이치는 '질량 분석'이라는 분야에서 '소프트 레이저 이온화법'을 발견한 공로로 2002년 노벨 화학상을 수상한다. 그는 시마즈 제작소에 입사하여 평범한 엔지니어로 근무했는데, 자신의 희망과는 거리가 먼 부서에 배속되었지만 불평하지 않았다. 오히려 새로운 것을 접하고 경험할 수 있겠다는 마음을 먹었다고 한다.

그의 이러한 긍정적인 마인드는 끊임없는 실험을 반복하면서도 힘들게 느끼지 않고 즐길 수 있게 해주었다. 그런데 끝없이 반복되는 실험 과정에서 그는 그만 실수를 저지르게 된다. 하지만 그 '실수'가 그때까지 보지 못한 현상을 발견하게 되는 성과를 안겨주었다.

그가 자신이 가진 모든 평범함과 부족함을 딛고 노벨상을 수상하게 된 원동력에는 새로운 것에 도전하려는 용기와 불굴의 의지가 있었다. 그것이 무명의 학사 연구원인 그에게 노벨상이라는 엄청난 결과를 가져다주었다. 그는 수상 소감에서 다른 사람들과 경쟁을 하지 않고, 연구라는 행위를 통해서 '자신과 경쟁하는 즐거움'을 추구했노라고 말했다.

한편, 아인슈타인과 더불어 20세기 최고의 물리학자 리처드 파인만 교수는 크기가 작아 눈에 보이지 않는 전자의 움직임을 수학으로 설명했고, 고전 물리학과 현대 양자역학을 통합한 양자전기역학으로 노벨 물리학상을 받았다.

파인만이 대학 시절 노트에 낙서한 내용이다.

"왜 그런지 궁금해. 왜 궁금한 지가 궁금해. 왜 궁금한지를 왜 궁금해 하는지가 왜 궁금한지 나는 궁금해! 사람들의 기대에 맞추어 사는 것은 더 이상 못하겠어. 중요한지 아닌지 따위는 잊어버리자! 하고 싶은 걸 하며 놀자! 문제는 재미이다."

또 파인만이 노벨물리학상을 받게 되었을 때는 이런 말을 했다.

"노벨상을 받는 것이 중요한 것이 아니다. 내가 하려는 일이 물리

188

학의 발전에 얼마나 기여하는가도 중요하지 않다. 문제는 그 일이 얼마나 즐겁고 재미가 있느냐다."

## 얼굴이 천차만별이듯이
## 수많은 성공의 길이 있다

미래가 불확실하고 예측할 수 없어서 우왕좌왕하는 사람들이 많다. 그래서 많은 사람들이 힘들어한다. 무엇을 선택해야 현명하고 똑똑하다는 말을 들을까. 대다수의 사람들이 항상 남을 의식하고 산다.

하지만 세상은 빠르게 변하고 시대가 달라지고 있다. 이제는 남들의 눈치만 살피는 것이 아니라, 내 안에 있는 유전, 금맥을 찾아야 한다. 자신에게 투자하고 내가 가진 숨은 진주가 무엇인지 발견해야 한다. 그걸 개발하여 삶에 적용시키는 것이 가장 중요한 덕목이다.

평생 하나의 직업과 직장으로 사는 시대는 끝났다. 수명이 길어지고 의료기술의 발달로 긴 인생을 살아야 하는 현대인들은 몇 개 이상의 직종에서 일할 확률이 높아지고 있다. 과학과 기술, 그리고 문화가 발달하고 시대의 요구로 예전에는 없던 새로운 직업군이 탄생하고 있다. 흐름에 맞지 않는 직업군은 도태되는 것이 현실이다. 이렇게 복잡하고 변화무쌍한 시대이지만, 한편으로는 더 많은 기회도 오는 것이 사실이다. 그래서 더더욱 우리는 자신에게 투자해야 한다.

성공하는 삶의 정답은 수만 가지이다. 수많은 성공 관련 책을 본다고 성공하는 삶이 되지 않는다. 사람의 얼굴이 천차만별이듯이 세상에는 수많은 성공의 길이 널려 있다. 따라서 자신에게 기회를 주어야 한다. 스스로 훈련을 하고 도전할 때 자신의 삶이 멋지게 연결되기 시작하는 것이다.

노벨상 수상자의 말처럼 자신이 즐겁게 할 수 있는 일을 찾아라. '인디언의 기우제'처럼 비가 올 때까지 기우제를 올려라. 성공할 때까지 도전하면 언젠가는 성공한다. 99번 실패해도 100번째 성공한다면 그 사람은 성공한 사람으로 기억될 것이다. 실패를 두려워 마라. 바로 지금 두려워하는 그 99번의 실패가 성공을 만드는 열쇠이다.

# 타고난 기질대로
# 직업을 선택하라

## 오늘의 인성 메시지

나의 성격을 알면 미래의 직업이 보인다.

191

사람은 일단 태어났으면 죽기 전까지 가치 있는 삶을 살기 위해서 자신의 역할과 바람직한 생의 경영자가 되어야 한다. 그 중 하나가 직업을 갖고 살아가는 것이다. 직업은 자신의 삶의 터전이자 행복의 열쇠가 된다.

그래서 많은 사람들은 직업을 찾고 직업을 통하여 존재감과 성취감을 느끼며 보람을 만들어 가는 것이다. '일하기 싫거든 먹지도 마라'는 성경 말씀은 삶을 영위하는 과정에 필수 요소이다. 또한 인간답게 사는 척도가 된다.

그렇다면 어떤 직업을 가져야 하는가. 이것이 고민이다. 잘못된 선택을 하거나 다른 이유 때문에 원치 않는 일을 한다면 얼마나 불행한 삶이겠는가. 그러면 어떻게 내가 평생 기쁘고 즐겁게 일할 터전을 만날 수 있을까. 이 당면한 문제를 해결하는 Tip을 말하고자 한다.

그것은 바로 자신의 성격을 제대로 알아서 타고난 강점을 찾아 집중하는 것이다. 이 방법만 명심하면 반드시 평생 즐겁고 행복한 업(業)을 누릴 수 있다. 그래서 먼저 자신의 강점, 흥미, 가치관, 성격을 객관적으로 인지하는 것이 필요하다. 그것이 나를 아는 비결이다. 그럼 나를 알 수 있는 출발점은 무엇일까. 바로 자신의 타고난 성격을 아는 것에서 출발할 수 있다. 왜냐하면 성격은 잘 변하지 않고 성격대로 사람은 행동하기 때문이다. 자신의 성격 유형에 맞는 직종을 선택하면 보다 더 좋은 결과를 가져올 수 있다.

## 성격 유형에 따른 직종의 구분

성격 유형에 따라 4가지로 구분한다.

첫 번째는 자신의 에너지 활동 방향성을 관찰하는 것이다.

에너지 활동성은 외향성과 내향성으로 나눈다. 사람이 몸을 유지하기 위해서는 음식을 섭취해야 하듯이 삶을 유지하기 위해서는 타고난 성격을 키워나가야 한다. 즉, 사람들과 함께 있고 만남을 통하여 에너지를 얻는 사람을 외향적인 사람이라고 한다. 반면에 혼자 있기를 좋아하고 사색하는 것을 좋아하는 사람을 내향적 사람이라고 한다.

따라서 외향적인 사람은 사람을 만나고 활동적인 활동을 할 때 에너지를 얻는다. 그리고 즐거운 기분이 들고 생산적인 능력이 발휘된다. 이런 사람들은 서비스 계통이나 스포츠, 상담, 코치 활동의 직업이 적성에 잘 맞는 것이다. 반대로 내향적인 사람은 사람을 만날수록 스트레스를 받고 에너지가 고갈되는 유형이다. 이런 사람들은 주로 연구직이나 공무원 등의 직업이 잘 맞는 유형이라고 할 수 있다.

두 번째는 세상을 보는 인식 능력에 따라 나눌 수 있다.

사실만을 믿으며 과학적으로 증명되고 현실적인 문제에 집중하는 객관형 사람이 있다. 이런 사람은 직접 본인이 보고 듣고 주도면밀하게 구체적으로 알아본 후 확실한 경우에만 움직이는 유형이다. 이런 유형들은 모든 관련 지식과 정보, 오감을 활용하여 최적의 방법을 찾고 현실적인 직업군을 선택한다.

이에 비해 주관형 사람은 상상하기를 좋아하고 경험을 중시하며 자신의 감정에 충실하다. 또 자기 나름대로 해석하고 자신의 판단을 중시한다. 이런 사람들은 새로운 직업을 만드는 유형으로 흐름을 읽는 걸 좋아하고, 안정보다 모험을 더 좋아한다. 현재보다는 미래에 좀더 집중하는 형으로 대표적인 사람으로는 스티브 잡스나 저커버그 같은 유형이다.

# 나는 어떤 사람으로 살아가고 있을까

세 번째는 당면한 문제에 대해 행동하는 방식으로 나눌 수 있다.

승부형으로 지는 것을 싫어하고 자신에 대하여 강한 자부심과 존재감이 강하고 상대방의 부족이나 실수를 지적하여 고치거나 자신에 맞추어가려는 유형이다. 이런 유형들은 상대방에게 지기 싫어하는 스타일이고 자기주관이 뚜렷하다. 그래서 머리로 이해를 해야 직성이 풀리고 상황 분석을 잘하고 옳고 그름이 분명하며 성취욕이 강하다. 이러한 승부형들은 경영이나 영업, 마케팅, 방송 PD, 외교관 등이 맞는 직업군이다.

다음은 감정형으로 상황 판단이나 결정할 때 느낌을 중시하고 좋고 싫음이 중요하다. 자신의 감정에 충실하며 내가 좋으면 남과 상관없이 행동하며 가슴으로 이해하는 스타일이다. 따라서 감정형은 직업 선택을 할 때 머리보다는 가슴으로 판단한다. 그러므로 사람들을 상대하는 교육자, 작가, 연예인, 사회복지와 간호 계열이 맞는 직업군이다.

네 번째는 환경적 요인과 삶의 패턴에 따라 나눌 수 있다.

집중형은 평소에 주변 정리를 잘하고 일을 추진할 때 계획을 수립하고 세심하게 준비하는 유형이다. 반면에 자유형은 치밀하지 않고 분위기에 따라 행동을 하는 경향이 크며, 상황에 따라 가변적이고 유연하며 다양하게 반응하는 유형이다.

이상과 같이 유형을 종합할 때 사람은 위의 네 가지 유형 중 최소 한두 가지의 특징을 공유하고 있다. 자신의 성격에 맞는 유형을 찾아보고 그 유형을 종합해 보면, 대략적으로 나는 어느 직종에 부합되는지 조금이나마 힌트를 얻을 수 있을 것이라 생각한다. 예를 들어, 승부형이면서 주관형인 사람은 사물 내면에 숨어 있는 새로운 사실을 발견하는 통찰력과 끈기와 집중력으로 현상을 눈으로 확인하도록 만드는 능력이 우수하다. 창의적인 성향이 커서 발명이나 새로운 법칙을 발견하는 시대의 흐름을 잡는 리더가 될 수 있다.

미국의 16대 대통령인 링컨이 어느 날 자신의 구두를 닦고 있었다. 이 광경을 본 비서가 다음과 같이 말했다.

"이런 일은 대통령이 할 일이 아닙니다."

이때 링컨은 이렇게 말했다.

"세상에 천한 직업은 없다. 다만 천한 사람이 있을 뿐이다."

직업 자체에 얽매이지 말고, 그 직업을 통해 나는 어떠한 사람으로 살아가고 있느냐가 중요한 것이다.

195

# 34강

## 망상이 아니라
## 꿈을 꾸어라

자신의 능력을 발휘하고 싶은 것이
인간의 본능이다.

배우 성동일 씨가 모 방송프로그램에서 자신이 배우
의 길을 가게 된 계기를 이야기한 적이 있다. 학창 시절 공부에 뛰어
나지 못해 원하지 않는 대학에 입학을 하고, 적성에 맞지 않는 기계
설비과를 다녔다고 한다. 그러던 중 우연히 대학로에 갔다가 친구가
연극 포스터를 붙이고 다니는 것을 보게 된다.

연극인들과의 저녁 모임에 합석하게 된 성동일은 인생의 전환점
이 되는 기회를 마련한다. 연극인들이 지금 매우 힘들고 경제적인 여
건도 취약한 상태이지만, 자신들이 하고 싶고 좋아하는 연극에 전념
하고 있다는 말을 듣게 된다. 먹고 살기 위해서 자격증을 따고 직장
을 잡아서 돈을 버는 것이 가장 중요한 것이라고 생각했던 배우 성동

196

일 씨는 자신의 모습을 돌아보게 된다. 연극인들은 돈을 버는 것보다 하고 싶은 일을 하기 위해 고생하고, 힘들어도 참고 견디는 모습을 보면서 도전을 받는다.

자신도 학창 시절에 연극 무대에 서면 즐겁고 행복했던 모습을 떠올리면서 '그래, 나도 한번 내가 하고 싶은 일을 해보자!'는 다짐을 하게 된다. 또한 그 다짐을 생각으로 끝내지 않고 실천해서 오늘날의 배우 성동일이 된 것이다.

영어로 직업은 'Vocation'이라고 한다. 이 직업이라는 말은 '부름을 받은'이라는 의미의 라틴어 단어에서 파생된 것이라고 한다. 이런 맥락으로 볼 때, 직업은 사명이란 개념에 가깝다. 모든 사람에겐 신이 부여한 사명이 있다는 것이다. 누구나 남이 갖지 못한 능력이 있고, 그 재능으로 사회 속에서 보람 있는 일을 하고자 하는 것이 인간의 본능이라는 것이다.

따라서 우리는 세상에서 좋아 보이는 직업이나 미래를 보장하는 직종에 눈을 돌릴 것이 아니라, 먼저 나는 어떠한 부름을 받았고 나의 사명이 무엇인지를 아는 것이 가장 먼저 해야 할 일인 것이다.


## 잠재력을 발현할 수 있는 시스템이 필요하다

스탠포드대학교의 윌리엄 데이먼 교수는 직업관에 대하여 첫째,

자신의 능력에 대한 현실적인 인식, 둘째는 자신이 가진 능력이 세상에 필요로 하는 곳에 어떻게 쓰일지에 대한 관심, 셋째는 자신의 능력을 발휘할 때 느끼는 즐거움을 고려해야 한다고 했다. 이것을 간과하게 되면 꿈이 아니라 망상에 지나지 않는다는 것이다.

많은 사람들이 자신의 사명을 인지하고 확인하는 일에 소홀히 한다. 나이를 먹어 사회의 일원이 되어야 할 시점에서 자신의 정체성과 잠재성을 무시해버린다. 그래서 자신의 능력과 전혀 관계가 없고 실현 가능성이 낮거나 비현실적인 야망에 도전하는 경우가 많다.

가수를 뽑는 오디션 프로그램인 〈Kpop Star〉에 소위 노래 좀 한다는 수많은 사람들이 도전장을 낸다. 예선전과 본선 무대를 거치면서 대부분의 사람들이 탈락하는 쓰라린 경험을 한다. 심사위원들의 냉철하고 정확한 지적은 가수를 꿈꾸는 한 사람의 꿈을 좌절시키는 냉혹한 점도 있다. 하지만 전문가로부터 속 시원하게 일침을 받으면 더 이상 방황하지 않고 새로운 인생의 방향타를 정하는 기회를 얻기도 한다.

일부는 전문가로부터 가능성을 인정받고 더욱 더 꿈에 집중할 수 있고 가수의 길을 찾아가는 계기를 찾는다. 그래서 무엇이 되고 싶은지 아는 것이 중요하다. 그 다음에 하고 싶은 것이 있다면 그 일이 내가 진정 잘할 수 있는 일인지, 내 삶의 샘솟는 동력원이 되는지, 즐겁고 행복할 수 있는 것인지를 테스트 받는 것은 매우 중요하다.

'Kpop Star' 같은 시스템 장치가 예체능계에는 어느 정도 통하지만, 일반적인 특성을 가진 사람들의 잠재성을 발현할 수 있는 시스템은 미약한 상태이다. 그나마 중학교 시절에 자유학기제가 도입되면서 희망을 주고 있지만, 얼마나 체계적으로 운영되어 적성을 발견하고 꿈과 희망을 줄 수 있는지는 지켜봐야 한다.

## 멋진 인생을 찾아가는 길

우리나라 명문대학교의 좋은 학과에 입학하기 위한 수능 합격 점수가 높은 이유는 무엇일까. 적성과 사명 의식으로 지원한다면 이렇게 높을 수는 없다. 성적이 상위권이라도 기계 관련 적성이 맞다면 공과 계열로 전공을 선택하는 것이 옳다. 또 창의성과 호기심이 있고 도전 정신이 있다면 경영 계열이나 창업스쿨 등 사업 기반을 만들어주는 학과 진학이 바람직하다고 생각한다.

이런 관점이라면 중학교의 자유학기제뿐만 아니라 고등학교에서 자유학기제나 직업체험 인턴제가 더 절실하다. 인간으로 태어나 자신을 찾기 위해 노력하는 시간과 방황은 절대로 낭비가 아니다. 제대로 알고 사는 것과 어설프게 시작하는 것은 나중에 큰 차이가 나는 결과로 이어진다는 사실을 명심해야 한다. 이 세상에 얼마나 어설픈 인간들이 많은가. 그 후유증으로 세상은 소란스럽고 삭막해져만 가고 있다.

"대학에 일단 들어가서 네 적성을 찾아도 늦지 않아"라는 무책임한 어른들의 말장난으로 해결될 문제가 아니다. 숙제는 안 하면 그것은 계속 숙제로 남아 있는 것이다. 왜 많은 우리나라의 대학생들이 대학 진학 후 중도 포기를 하고, 전공과 전혀 맞지 않는 이중적인 공부를 해야 할까. 결국 대학생이 되어서도 무엇을 해야 할지 모르고 방황하기 때문이다. 인생의 숙제를 미루어 둔 결과이다.

자신을 발견하고 찾아서 실마리를 만들어야 한다. 어두운 터널을 지나고 밝은 태양을 보듯이, 인생의 숙제를 마친 사람은 성경에서 말하는 진정한 재능인 달란트를 찾게 되는 것이다. 이런 고민은 고등학교 시절에 끝내야 한다. 그 재능이 대학 진학과 긴밀하게 연결된다면 진학을 해야 한다. 하지만 내가 하고 싶은 일이 대학 진학과 무관하거나 큰 도움이 되지 않는다면 과감하게 대학 진학을 포기해야 한다. 남들이 거름 지고 장에 간다고 아무 생각 없이 따라나서는 것보다, 당당하고 소신 있게 자신의 길을 가는 것도 인생을 멋있게 사는 비결이 아니겠는가.

# 35강

## 배운다는 것은
## 꿀처럼 달콤하다

### 오늘의 인성 메시지

좋은 인성은 알려고 하고 배우려고 한다.

모 일간지에 '구두 닦는 아버지의 메모지 과외, 광(光) 났다'라는 기사를 읽은 적이 있다. 서울 강남의 삼성동 한 빌딩에서 구두를 닦는 일에 종사하는 아버지의 이야기다. 자신이 버는 돈으로는 네 자녀를 학원에 다 보낼 만큼 경제적으로 여유롭지 못했다. 자녀들은 학년이 올라갈수록 공부를 하면서 막히는 문제를 충분히 스스로 해결할 수 없었다. 그래서 아버지에게 질문했지만 중졸 학력의 아버지로서는 자식들의 질문을 해결할 수 없었다.

그러나 자식을 위한 아버지의 고민은 기발한 발상으로 연결된다. 그것은 바로 자신이 근무하는 건물에서 시작되었다. 그 빌딩에는 사무실만 200여 곳이 있었다. 직원만도 3,000여 명이나 되는 큰 빌딩이었다. 이 아버지는 구두를 닦고 배달하는 과정에서 직원들끼리 서로 주고받는 호칭을 유심히 듣기 시작했다. 그러자 교수님이나 박사님 같은 호칭을 듣는 사람이 의외로 많다는 사실을 알게 된다. 그때 이 아버지는 무릎을 탁 치는 생각이 들었다. 이런 분들에게 도움을 받을 수 있겠구나 하는 생각이 스치고 지나간 것이다.

그래서 수학 문제는 어느 사무실의 누구에게, 영어 문제는 저쪽 사무실의 누구에게 염치 불구하고 가르쳐 달라고 부탁하자는 마음을 먹게 된다. 그날 저녁부터 자녀들에게 모르는 문제를 메모지에 적어서 아버지에게 주면 다음 날 가르쳐 주겠다고 약속한다. 그리고 아버지는 문제를 가지고 도움을 청할 분을 만나 사정 이야기를 털어놓았다. 거기서 배운 문제를 반복하여 연습하고 익혀서 저녁에 퇴근해 아이들에게 가르쳐 주었다. 이런 식으로 매일 자녀들이 공부를 하다가 막힌 문제를 풀어주기 시작한 것이다.

## 배움에는 부끄럼이 필요 없다

이 아버지의 자식 사랑은 많은 사람들에게 감동을 주었다. 자존심을 버리고 배움의 열망을 가진 아버지의 열정에 같은 건물에서 근무하는 많은 사람들은 도움의 손길을 주었다. 그 결과 네 자녀는 학원에 한 번도 다니지 않았지만 모두 대학에 진학했다. 게다가 큰 아들은 신의 직장이라는 공기업에 취직까지 하게 된다. 이 아버지는 자식들에게 부모가 열심히 사는 모습을 보여주는 게 가장 큰 가르침이라는 생각을 해왔다고 한다. 정직하게 사는 것이 가장 훌륭한 교육이라는 신념으로 살아 왔다는 것이다.

이 아버지의 모습에서 우리가 배워야 할 것은 무엇일까.

첫째는 배움에는 부끄럼이 필요 없다는 것이다. 만약 이 아버지가 자신의 가방끈 짧음에 대한 열등감을 숨기고 자존심을 지키는 것을 더 중요하게 생각했다면 어땠을까. 절대로 이런 행동은 하지 않았을 것이다. 옛말에 '모르는 게 약'이라는 속담이 있다. 상황에 따라서는 모르는 것도 도움이 되겠지만, 모르는 사실을 그대로 덮어두면 절대로 알 수 없다. 그 문제에 대해서는 할 말이 없게 된다. 그만큼 뒤처질 수밖에 없다. 모르면 모른다고 해야 한다. 아는 척, 잘난 척하는 인간은 참 재수 없다. 제대로 아는 것이 중요하다.

둘째, 배움은 현재 단계를 뛰어넘는 것이다. 남들보다 가진 게 없고 배운 것이 없어서, 경제적으로 어려워 가르칠 수 없다는 것을 한탄만 하고 비관만 했다면 어땠을까. 자식들은 아버지의 이러한 모습을 보면서 '못 올라갈 나무는 쳐다보지도 마라'는 식의 부정적인 생각을 하거나, 어쩔 수 없다는 자포자기를 했을 수도 있었다. 그리고 결국 가난은 대물림될 수밖에 없었을 것이다.

그러나 이 아버지는 학원을 보낼 수 없다는 생각에 머무르지 않았다. 또 배움의 장소가 학교나 학원에만 국한된 것이 아니라는 기발한 발상까지 하게 된다. 자신의 주변과 여건, 그리고 환경 속에서 최상의 방법이 무엇인가를 찾아내었다. 오로지 거기에 집중한 것이다.

## 삶이 지루하다면 배움의 즐거움을 누려라

인도는 신분 제도가 확실한 나라이다. 따라서 천민 계급으로 태어난 사람은 평생 천민으로 살아가야 할 운명이다. 그러나 인도에서는 천민 계급이라고 하더라도 과학과 IT 분야의 인재에 대해서는 상류 계급으로 신분의 이동을 허락해 준다고 한다. '개천에서 용났다'는 말과 같다. 그래서 배움이란 중요한 것이다. 배움은 현재에 머물지 않게 한다. 배움은 더 나아가 현재를 미래로, 비관을 낙관으로, 절망을 소망으로 연결할 수 있는 것이다.

또 앞의 아버지 이야기에서 우리가 세 번째로 알 수 있는 건, 배움이 삶을 즐겁고 자신감 있게 만든다는 것이다. 유대인들의 학교에서는 학생들이 처음 초등학교에 입학하자마자 다음과 같은 일을 시킨다고 한다. 히브리어 22자의 알파벳을 선생님이 학생들에게 손가락에 꿀을 묻혀 쓰도록 한다. 배운다는 것은 마치 이 꿀처럼 달고 맛있다는 것을 머리에 각인시켜 주기 위해서란다.

나는 몇 십 년을 학교 현장에서 수많은 학생들을 가르쳐 온 교사다. 그래서 우등생과 열등생을 단번에 구별해낼 수 있다. 그 비결은 단순하다. 학교에서 수업을 할 때 눈동자가 빛나고 얼굴에 화색이 도는 학생들이 있다. 선생님의 말 한마디도 놓치지 않고 쳐다보면서 '저 좀 봐 주세요'하는 분위기로 집중하는 학생들은 물어 볼 것도 없이 우등생이다.

그러나 배움의 즐거움이 없는 학생들은 얼굴에 핏기가 없고 눈꺼풀은 천근만근이다. 선생님과 눈이 마주치는 것도 두려워한다. 시선은 아래로 향한 채 뒤통수만 보인다. 볼 것도 없이 열등생이다. 배움의 즐거움이 없는 사람은 참 불행한 인생을 살 것이다. 인간은 알려고 노력하고 항상 배우며 상상하면 두뇌가 늙지 않는다고 한다. 배우는 삶은 젊음을 유지할 수 있는 비결이기도 한 것이다. 삶이 지루하다면 배움의 즐거움을 만들어 보자. 당장 인생이 새롭게 보이기 시작할 것이다.

사람의 눈은 그의 인품을 말하고,
사람의 입은 그의 가능성을 말한다.

− 고리키

## 36강

# 모든 사람은 본성상
# 알고 싶어 한다

## 오늘의 인성 메시지

배움이란 아는 것을 넘어
미래로 연결하는 것이다.

『탈무드』에 보면 '살아 있는 사람에게서 빼앗지 못하는 것은 지식뿐이다'라는 말이 있다. 이 말은 우리에게 배움과 지식이 어떤 의미인지 알려주는 것이다. 유대인은 오랜 역사동안 집이 불태워지고 살고 있던 땅을 빼앗겼다. 또 갖고 있던 재산도 몽땅 뺏긴 적도 많았다. 이뿐만이 아니라, 이 나라, 저 나라로 전 세계를 떠돌아다녀야 했다. 그런 까닭으로 유대인의 가정에서는 아이들이 어렸을 때부터 이렇게 가르침을 받는다고 한다.

"사람이 살아가면서 빼앗기지 않는 것은 무엇인가?"

또는 다음과 같은 질문을 받는다.

"이 세상에서 가장 중요한 것은 무엇일까?"

이런 질문을 받은 아이가 "돈이요", 혹은 "다이아몬드 같은 보석"이라고 하면 어머니는 "세상에서 가장 소중하고 절대 빼앗길 수 없는 것은 지식이다"라고 대답을 해준다고 한다.

긴 역사 동안 모든 것을 빼앗기고 항상 쫓겨 다니면서 유대인들이 터득한 인생의 진리인 것이다.

『탈무드』에는 지식과 관련해서 또 이런 이야기가 있다. 어느 배가 강을 건너고 있는데 한 학자가 타고 있었다고 한다. 학자는 같은 배 안에 타고 있던 상인들에게서 다음과 같은 질문을 받았다.

"당신은 무엇을 팔러 다니는 건가요?"

그러자 학자는 이렇게 답했다.

"제가 파는 것은 이 세상에서 가장 뛰어난 것입니다. 최고의 보물이죠."

그 대답을 들은 상인들은 그 학자가 잠든 사이 그의 짐 보따리를 뒤지기 시작했다. 그러나 아무것도 나오지 않자 큰 실망을 했다. 그리고 이 학자가 헛소리를 하는 미친 사람이거나 허풍을 떠는 떠돌이쯤이라고 여기며 비웃었다.

그러는 사이 오랜 항해를 하다가 궂은 날씨 때문에 배가 난파당했다. 배에 탔던 상인들은 갖고 있던 짐을 모두 바닷물에 빠뜨린 채 겨우 육지로 올라갔다. 그리고 한 마을에 다다랐다. 상인들은 모두 아무것도 없는 빈털터리가 되었지만, 학자는 뛰어난 지식으로 마을에서 강연을 했다. 그 이후에 마을 사람들로부터 극진한 대접을 받으며 재산을 모아갔다. 그러자 상인들은 놀라면서 다음과 같이 말했다.

"당신은 우리가 비웃었던 것처럼 미치광이가 아니었군요. 우리들은 바다에서 그 많던 물건들을 다 잃어버렸지만, 당신이 가진 지식은 당신이 살아 있는 한 결코 잃어버리지 않겠군요."

이렇게 다들 절대로 잃어버리지 않는 지식을 가진 그 학자를 부러워했다.

## 배움은 새로운 연결고리 역할을 한다

앞의 이야기처럼 사람에게 배움이라는 것은 가장 중요한 것이다. TVN의 〈이것이 진짜 공부다〉라는 프로그램에서, 공부를 하는 것은 입력이라고 하면 시험은 출력이라고 했다. 따라서 평소에 입력하는 공부와 함께 출력하는 훈련을 통해 제대로 알고 있는지를 확인해야 한다고 했다. 마찬가지로 내가 지금 입력하고 있는 배움이 미래에 출력했을 때 새로운 연결고리 역할을 하고 적용될 수 있는 것인지를 수시로 확인하는 공부가 아니라면 허무할 수밖에 없을 것이다.

따라서 무엇을 배우고 아느냐가 아니라 배움이 연결되고 있느냐가 더 중요한 것이다.

배움이란 두 가지를 염두에 두고 임해야 한다. 첫째는 '무엇을 배웠는가?'가 아니라 '무엇을 생각하게 되었는가?'이다. 두 번째는 '배움을 통해 어떤 변화를 경험했는가?' 하는 것이다. 이 점이 중요하다.

따라서 배움을 통하여 알게 된 지식과 경험이 개인의 삶에 어떤 영향을 미치는가를 우리는 의식해야 한다. 이 문제가 세상을 살아가는 기준이 되어야 한다. 내가 배운 지식이 어떻게 연결되고 접목되어 가는지가 앎의 기준이 되어야 한다. 배움이 배움으로 끝나고 그의 삶을 통하여 새로운 연결고리가 되지 않는다면 그것은 잘못된 공부를 한 것이다.

만약 내가 현재 배우고 익히는 모든 공부가 훗날 미래의 희망으로 연결되지 않는다면 참 비참할 것이다. 진정한 실력자는 시험을 잘 보고 대학에 합격하여 입학을 하고, 좋은 회사에 입사하는 것에 만족하지 않는다. 지식은 항상 머물지 않고 그의 삶을 통하여 영향력을 미치는 존재가 되어야 한다.

플라톤의 제자이자 알렉산더 대왕의 스승인 아리스토텔레스는 이렇게 말했다.

"모든 사람은 본성상 알고 싶어 한다."

성경에 보면 겨자씨 비유가 나온다. 겨자씨는 모든 씨앗 중에서 가장 작은 것이지만, 새들이 날아와 그 가지에 깃들일 만큼 큰 나무처럼 된다는 것이다. 이 겨자씨의 비유처럼 사람이란 존재도 역시 계속해서 발전해 간다. 배움이란 가능성에 대한 투자이다. 그리고 투자의 가장 큰 덕목은 30배, 60배, 100배의 결과로 연결되는 것이다. 그것이 바로 진정한 배움의 가치라는 사실을 잊지 말자.

## 37강

# 인생이란
# 공부하는 것이다

**오늘의 인성 메시지**

배움의 꽃은 지혜의 함수이고
배움의 열매는 영향력이다.

어느 신문 기사에서 본 내용이다. 우리나라에서 누구나 가야만 하고 당연하게 생각하는 인생의 과정이 바로 대학 진학이다. 누구나 고3이 되면 대학 진학을 바란다. 그러나 이러한 시절에도 김○○ 씨는 평범한 자신의 삶에 질문을 던졌다.

'남들이 다 가는 대학에 나도 가야 하는 것일까?'

김 씨는 '대학은 스무 살이면 의무적으로 가야 하는 곳이 아니다. 무언가 해야 할 것이 분명해질 때, 그래서 더 깊이 배우고 싶을 때 가는 곳이 대학'이라고 생각을 정리했다. 그리고 제약회사의 정규직 사원으로 사회에 첫발을 내디뎠다고 한다.

직장 일이 힘들어지고 업무적인 일로 꾸지람을 들을 때면 '내 또

래들은 대학 캠퍼스에서 낭만을 즐기는데 내가 왜 여기서 이러고 있는 걸까. 나는 과연 잘 살고 있는 건가. 내가 왜 사서 고생을 하나'라는 회의감도 들었다고 한다. 그러나 그때마다 '나는 또래들이 경험하지 못한 것들을 먼저 겪고, 느끼며, 배우고 있다'며 마음을 다잡았다. 그러면서 회사에서 많이 활용되고 본인이 평소 관심이 있던 웹디자인을 배우면서 새로운 경험을 하게 된다.

김 씨는 '내가 시간을 들여 노력하면 더 다양한 일을 할 수 있고, 더 넓은 시야를 가질 수 있구나'라는 생각을 하게 되었다. 세상을 더 넓게 바라보고, 더 깊게 배우려고 노력했다. 여기까지 생각이 미치자 이제는 대학에 가야겠다는 의지를 굳혔다고 한다. 그러나 대학 진학에 필수 코스인 수능의 벽에 막혔고 갑자기 자신이 없어졌다.

그러다 우연히 신문을 통해 '재직자 특별 전형'이란 제도를 알게 되었다. 취업 경력이 3년 이상이 된 사람이면 고교 내신과 면접을 통해 대학에 갈 수 있도록 한 제도였다. 김 씨는 이 대입 전형으로 건국대 신산업융합학과에 합격하게 된다. 그리고 그 누구보다도 더 열심히 공부하게 되었다.

## 하늘을 우러러 부끄럽지 않은 삶을 살아야 한다

김 씨는 '만약 내가 스무 살 때 바로 대학에 갔더라면, 지금처럼 대학 생활 하나하나가 이렇게 소중하게 느껴질 수 있을까'라고 되뇌어 보았다. 또한 지금 자신의 삶이 정말 행복하게 느껴졌다고 고백했다.

수학 시간에 함수라는 개념을 배운다. 함수란 변화하는 두 양 x, y에 대하여 변수 x의 값이 하나 정해지면 그에 따라 변수 y의 값이 하나씩 정해지는 관계가 있을 때, 이 관계를 y는 x의 함수라 한다. 인생에 있어 x값에 해당하는 것은 무엇일까. 삶에 대한 의지와 지치지 않는 열정이라 생각하자.

그럼 y값은 무엇일까. 그것은 터전 또는 영향력이라 하자. 즉, 의지와 열정의 에너지가 삶의 영향력과 존재감으로 연결된다는 사실을 명심하자. 무기력과 배움에 대한 나태함은 결국 무미건조한 삶의 촉진제가 된다. 이것을 아는 것이 지식의 핵심이고 지혜의 함수이다. 기존의 사회적 분위기에 아무런 생각 없이 이끌려가지 말고, 조금 더 나를 위한 가치관을 세워 실천하고 삶에 적용하는 것이 무엇보다 필요하다.

고대 이집트에는 이런 이야기가 있다고 한다. 죽어서 하늘로 가면 신(神)으로부터 받는 두 가지 질문을 받는다.

첫 번째 질문은 이렇다.

"네 인생에서 환희를 맛본 적이 있느냐?"

두 번째 질문은 또 이렇다.

"네 삶이 다른 사람에게 환희를 가져다 준 적이 있느냐?"

사람은 누구나 삶의 끝자락에 오면 다른 사람들의 평가를 받는다.

그리고 죽어서는 신에게 부끄러운 존재가 되지 않고 잘 살았다는 평가를 받아야 하지 않겠는가. 이것은 선택이 아니라 필수 불가결한 일이다. 그리고 우리 인생의 발등에 떨어진 불처럼 긴박한 문제이다. '농사를 다 지은 농부 없고, 공부 다 한 선비 없다'는 말이 있다. 따라서 사람은 죽기 전에는 삶의 완성이란 없다. 하늘을 우러러 한 점 부끄럽지 않은 삶을 살아야 한다.

## 인생의 목적은 배움에 있다

어떤 분야의 능통한 사람들을 봐도 그들 모두가 분야는 달라도 공통점이 있다. 그건 바로 모두가 쉼 없이 공부한다는 사실이다. 우리 모두는 평생 동안 인생 학교를 다니고 있는 것이다. 인생 학교의 수업은 다양한 과목이 있다. 인생 학교에 다니는 사람들은 좋아하는 과목과 싫어하는 과목이 있다.

하여튼 인생이란 공부하는 것이다. 어떤 사람은 그 인생의 학교에서 도전 의식, 변화와 혁신, 자긍심, 열정, 프로 의식, 끈기, 긍지, 상상력, 의지, 신념으로 배움의 참된 의미와 인생의 맛을 알게 된다. 반면에 어떤 사람은 게으름, 무사 안일, 패배주의, 아마추어 의식, 포기, 무대책, 본능적인 행동, 단순한 행동으로 힘든 삶을 살아가는 사람도 많다.

배움의 의미는 무엇인가. 지금 내가 갈망하며 집착하고 집중하는 그 배움의 삶이 무엇인가에 따라 인생은 결정되는 것이다. 지금 내가 있는 곳에서 최선을 다하는 것이 다른 곳으로 연결되는 것이다. 현명한 사람은 어떤 삶을 만들어 갈 것인지 매순간 고민하고 갈망한다. 왜냐하면 배움만큼 자신의 가치와 자신의 존재감을 일깨워주는 것이 없다는 것을 알기 때문이다.

배움은 아무것도 없는 사람이나 극히 평범한 사람을 우뚝 세우는 반석이 된다. 인간은 배움을 통해 자신의 존재 가치를 알고 자신의 삶에 집중할 수 있다. 한평생 배우러 왔다 가는 것이 바로 인생이다. 그러나 때때로 잘못된 배움의 결과는 인생의 큰 오점과 후회를 만든다. 좋은 배움이 있고 나쁜 배움이 있어서이다. 우리는 좋은 배움을 좇아 살아야 한다.

216

인생의 목적이 배움에 있다는 사실을 아는 사람은 허무할 틈이 없다. 그러나 명심할 것은 배움으로 얻은 지식이 어떤 상황에서나 똑같이 발휘되고 통하는 것이 아니라는 사실이다. 각자의 처한 상황과 배움의 깊이와 의지에 따라 전혀 다른 결과로 연결된다.

배움은 성장이며 존재감의 상징이다. 내가 배우는 지식이 세상에서 통하는 지식이어야 한다. 인생은 죽을 때까지 배움의 연속이다. 눈을 감을 때까지, 백 살이 되든 몇 살이 되든 우리는 항상 배우는 자세로 살아야 한다. 이처럼 배움으로 인생의 꽃을 피우고 다른 사람들에게 영향력을 주는 삶을 만들어 가는 것이 진정 멋진 인생이 아닌가.

# 세상이 나를 선택하게 하지 말고
# 내가 세상을 선택하게 하라

**오늘의 인성 메시지**

싹수 있는 인생은 노는 물이 다르다.

애플 창업자인 스티브 잡스, MS 창업자인 빌 게이츠, 아마존 창업자인 제프 베조스, 구글 창업자인 레리 페이지와 세르게이 브린, 전기자동차회사 테슬라의 회장인 앨런 머스크, 페이스북 창업자인 마크 저커버그의 공통점은 무엇일까.

이들 모두 컴퓨터를 전공한 프로그래머라는 공통점이 있다. 프로그래머란 컴퓨터 언어를 구사하여 소프트웨어를 개발하는 엔지니어를 말한다. 프로그래밍은 생각하는 방법을 제공해 주는 도구이다. 이 프로그래밍을 통해 주관적인 생각을 객관화하는데 매우 유용한 수단인 것이다.

위의 인물들은 이 프로그래밍을 통해서 자신의 아이디어를 구체화하고 그 아이디어를 자기 손으로 직접 실현한다. 그리하여 작은 버튼 하나로 수많은 사람들이 사용할 수 있는 시대를 열어간 것이다. 노는 물이 달라지면 인생의 급수도 달라진다. 반대로 삶의 급수가 달라져 노는 방식이 바뀌기도 하는 것이다. 인생은 '무엇을 가지고 노느냐'에 따라 천차만별의 인생으로 갈라진다.

세계 최고의 부자이며 자선 사업에 31조가 넘는 돈을 기부한 워런 버핏은 CNBC 방송에서 이런 말을 한 적이 있다. 자신이 11살 때 주식을 샀는데, 지금 와서 생각해 보니 그때 주식을 너무 늦게 시작한 것이 후회된다고 말이다. 그 당시는 주식이 무척 쌌다. 그래서 워런 버핏은 주식을 더 일찍 시작하지 못한 것에 대한 아쉬움을 이야기한 것이다.

그러면서 워런 버핏은 두 가지를 제시한다. 첫째는 자신에게 투자하는 것, 자신의 무한한 가능성과 잠재 능력에 초점을 맞추라는 것. 그 다음에는 열정을 가지라고 한다. 자신의 마음이 가는 것에 집중하라는 말이다. 또 워런 버핏은 부모들에게 다음과 같은 조언을 아끼지 않았다.

"자식들에게 투자를 하라고 권하세요."

"자식들에게 어떤 사업이라도 사업을 시작하라고 권하세요."

적극적으로 세상의 흐름을 읽고 알아가라는 조언도 잊지 않았다. 그러기 위해서는 독서를 장려해야 한다고 했다. 책이 미래를 간파하는 중요한 수단이며 정보의 핵심이기 때문이라는 것이다. 자신은 일

주일에 35권을 읽는다고 했다. 이것이 멋진 인생이 되는 비결이라고 말했다. 워런 버핏에겐 주식 투자와 독서 활동이라는 노는 물이 있었던 것이다. 그 노는 물이 그의 인생을 가치 있게 만든 핵심이다. 또한 맨 처음에 내가 제시한 인물들 역시 일반 사람들과 노는 물이 달랐기 때문에 성공한 인생을 산 것이다.

## 지금 노는 물이 나를 만들어 가는 핵심이다

우리는 지금 어떤 노는 물을 만들고 있는가. 지금 노는 물이 나를 만들어 가는 핵심이라는 사실을 명심하자. 노는 물을 만들기 위해서 먼저 우리는 자기 자신에 대한 끊임 없는 믿음을 가져야 한다. 또한 자신을 사랑하는 마음이 중요하다. 우리는 이미 정해진 기준에만 자신을 견주어 본다. 남의 장점은 부러워하면서 자신의 강점이 무엇인지는 모르는 경우가 많다. 세상이 나를 선택하게 하지 말고, 내가 세상을 선택하는 것이 중요하다.

자기 자신을 여러 가지 세상 기준에 맞추어 놓고, 이중 하나만 되면 된다는 식의 발상은 버려야 한다. 세상의 기준과 방식에서 독립하지 못하면 결국 자신을 잃게 된다. 그렇게 살면 나이를 먹으면서 삶의 의미가 모호해진다. 사막처럼 삭막한 인생이 되고 평생 후회하는 인생이 될 수 있다.

앞으로의 시대에는 모든 것에 기준이 사라지고 있다. 최고의 기술, 최상의 생산성과 시장 경제의 주도권을 가지고 있다고 무조건 안심할 수가 없는 세상이 되어가고 있다. 후발 주자의 새로운 기술을 능가하는 혁신적인 제품이 나타나면 경제의 흐름은 순식간에 요동칠 수밖에 없다. 최고의 기술을 가졌던 최상의 일류 기업도 이류 기업으로 내려앉게 된다. 기업뿐만이 아니다. 한 개인의 흥망성쇠 역시 똑같이 적용된다. 이런 시대일수록 나만의 장점과 특징을 극대화시키는 노력을 하지 않는다면 마치 거미줄에 걸린 곤충과 같아질 것이다. 몸부림을 칠수록 더 깊은 덫으로 빠져들 수밖에 없다. 그러므로 나를 제대로 알아야 한다. 즉, 나로 태어나서 나로 죽어야 한다는 말이다.

## 워런 버핏처럼 자신만의 영역을 만들자

나답게 살지 못하면 많은 사람들이 걸어온 길을 그저 흉내 내는 인생밖에 되지 못한다. 적은 노력, 얄팍한 처세술과 요령을 터득해서 무언가를 얻으려는 생각은 결코 좋은 결과를 얻지 못한다.

그것이 통했다면 이 세상에 왜 많은 사람들이 힘들게 살겠는가. 나만 두려운 것이 아니다. 누구나 인생을 살아간다는 건 마치 장님이 코끼리를 만지는 식이다. 사람이라면 모두 다 미지의 세상에 대한 두려움을 가지고 산다. 모두가 두렵지만 누가 먼저 과감하게 실천하고 도전하느냐에 따라 인생이 달라지는 것이다.

나답게 사는 것을 방해하는, 외적이거나 내적인 방해꾼 모두를 물리쳐야 한다. 그들로부터 나를 양보하면 안 된다. 나의 가치와 존재감, 자기 주도적인 삶이 중요하다. 인간은 완벽한 자는 없다. 최상의 인간 기준에 누구나 견주어 보면 모자라고 결점투성이다. 그러므로 기죽을 필요가 없다. 워런 버핏처럼 자신만의 영역을 만들어 보자.

그러기 위해서는 용기와 도전 정신, 그리고 열정이 필요하다. 내가 좋아하고 잘하는 것을 찾아서 360도 즉, 동서남북으로 흩어지면 된다. 과거에는 일렬로 서서 동시에 출발하는 잣대가 중요했지만, 지금 시대는 나의 방향으로 뛰어가는 시대이다.

정답이 하나인 시대가 아니다. 정답은 무궁무진하다. 다른 사람에게는 정답이 아닐지라도 나에게는 정답일 수 있다. 또한 오답도 새로운 계기를 만들 수 있는 시대이다. 지금은 ex-period 시대라고 한다. 도대체 알 수 없는 시대라는 것이다. 세상이 변하는 것에 맞춰 동일하게 나 자신도 시대 흐름에 접목하는 것이 중요하다. 나의 노는 물을 만드느냐, 못 만드느냐에 따라 인생이 달라진다. 또한 노는 물에 따라 삶의 질이 좌우되는 세상이 되었다는 사실을 명심하자.

# '꿈'이라고 쓰고
# '행동'이라고 읽는다

### 오늘의 인성 메시지

꿈은 말하는 것이 아니라 실천하는 것이다.

해바라기 꽃은 태양을 향해 열려 있다. 한낮에 하늘 높이 떠 있는 태양을 바라볼 때 강렬한 햇살 때문에 바로 볼 수가 없다. 그러나 태양이 높이 뜰수록 태양을 쳐다보는 게 어렵지만 햇빛의 양은 더 많아진다. 반대로 저녁에 보는 태양은 눈으로 보기 쉽지만 햇빛의 양과 빛 에너지는 매우 약해진다.

인생사도 큰 꿈과 목표가 있는 사람은 그만큼 그것을 이루기까지 고달프고 어렵다. 하지만 에너지가 넘치는 사람이 되는 것이다. 반대로 목표가 없고 희망이 없는 사람은 쉽고 편한 것을 원한다. 이런 사람들의 특징은 에너지가 없다는 것이다.

그런데 많은 사람들이 태양을 등지고 있다. 태양을 등지면 결국 자신의 무능함과 부정적인 모습인 그림자만 보일 뿐이다. 태양이 높이 뜨는 이집트의 시에네 지역은 하지가 되면 그림자가 사라진다고 한다. 이것은 태양이 90도로 비추기 때문이다. 즉 자기 머리 위에 태양이 존재하는 것이다.

마찬가지로 인생에 있어서도 꿈을 향한 열정이 절정에 이르렀다면 이상이 큰 사람은 인생의 그림자가 사라진다. 인생의 불행한 그늘, 즉 그림자를 없애는 방법은 인생의 목표를 높게 정하고 도전하는 것이다. 태양을 향하여, 즉 희망을 향한 180도 턴을 하는 것이다. 이렇게 꿈을 정해 놓지 않는다면 태양이 서쪽으로 넘어가 어둠으로 변하듯이 인생도 지리멸렬하기만 한 불행의 연속이 될 것이다.

그렇다면 꿈은 언제 준비해야 할까. 태양이 뜨는 시각인 새벽에 준비해야 한다. 목표가 분명히 보이는 일출 때 정확하고 올바른 방법과 목표를 설정해야 한다. 사람의 인생에 있어 새벽은 바로 청소년 시절이다.

## 꿈을 이루는 사람은
## 바람이 부는 대로 사는 것이 아니다

미국의 엘라 휠러 윌콕스라는 시인은 똑같은 바람이 불어도 어떤 배는 동쪽으로 향하고 어떤 배는 서쪽으로 향한다고 했다. 배의 방향을 결정짓는 것은 바람이 아니고 바로 돛이다. 자기 인생의 배도 어느 쪽으로 향하느냐 하는 건 자신을 둘러싼 환경의 바람이 아니라 자기 의지의 돛이다. 꿈만 꾸는 사람은 바다 위에 떠 있는 배처럼 아무 생각 없이 바람이 부는 대로 흘러간다. 환경이 이리저리 밀어대는 대로 흔들리며 산다.

그러나 꿈을 이루는 사람은 바람이 부는 대로 사는 것이 아니다. 자기 인생의 배 안에 있는 방향키를 자신의 의지대로 몰고 간다. 결국 자신의 꿈대로 인생이라는 배가 움직여 목적지에 도착한다.

나는 학교에서 학생들의 적성과 재능을 살려주는 방법으로 발명 동아리를 운영했다. 아이들이 살면서 느끼는 다양한 경험과 관찰을 통해 자신의 모자라는 부분을 채워나가길 바라는 마음에서다.

꿈을 이루는 사람들은 닥쳐오는 문제를 해결하는 과정에서 자신의 잠재력과 가능성을 알게 된다. 그리고 다시 자신의 능력에 맞는 목표를 단계별로 조정한다. 그 과정을 통해 결국은 최종 꿈에 도달할 수 있다. 이렇듯 목표를 세우고 추진하는 과정에서 얻는 수많은 지식과 정보는 자신의 목표를 이루는 에너지로 승화된다.

꿈이란 인생의 참된 기쁨이 주는 효능을 터득하는 것이다. 꿈은 내가 살아 있는 이유가 된다. 꿈을 이루면 우리는 무척이나 행복하며 세상을 다 얻은 듯 충만함을 느낀다. 그 꿈 앞에서 가슴이 뛰는 에너지를 느끼는 것이 바로 꿈의 힘이다. 우리는 무엇에 의해서 움직여 가고 있는 것일까. 나는 지금 무엇에 가장 크게 반응하고 있는가.

꿈은 말하는 것이 아니라 실천하는 것이다. 두고 보자는 사람은 무섭지 않다. 미래는 우리의 사고와 꿈속에서 존재한다. 미래는 꿈이라는 재료로 만들어진다. 꿈은 머리로만 꾸는 것이 아니라 매일의 실천적인 삶이 쌓여서 이루어지는 것이다. 그래서 우리는 앞으로 '꿈'이라고 쓰고, '행동'이라고 읽기로 하자. 모두 자신의 꿈을 실천하여 인간이 가질 수 있는 최고의 만족감을 느낄 수 있기를 바란다.

# 행복한 사람들의
# 특징은 무엇일까

**오늘의 인성 메시지**

행복은 자신의 무한한 천연자원을
펌프질하는 것이다.

지금 한창 세계 사람들에게 화제가 되는 인물이 있다. 2014년부터 이 사람의 모든 말이나 행동이 많은 사람들에게 이슈가 되었고, 선망의 대상이 되고 있다. 특히 미래를 위한 자신의 삶의 방향을 모색하는 젊은이들에게 큰 자극과 동경이 되고 있다. 그는 2015년 현재 세계 부자 대열 15위에 랭킹이 되었다. 그는 누구인가. 바로 중국의 1등 부자인 알리바바의 창업자 마윈 회장이다. 마윈 회장이 이토록 큰 관심의 대상이 되는 것은 루저(Loser)라고 평가받고 무엇을 하든 항상 실패하던 그의 반전 인생 스토리 때문이다.

마윈 회장의 젊은 시절은 '낙방'이란 수식어가 항상 따라다녔다. 그는 중학교 시험에 세 번, 대학에 세 번 낙방했다. 취업 준비 과정에서도 30번 이상 도전했지만 결과는 항상 같았다. 심지어 24명이 지원한 입사 시험에서 자신만 고배를 마신 적도 있다고 했다.

그러나 마윈 회장은 모 일간지와의 인터뷰에서 이렇게 말했다.

"저는 부자인 아버지도, 뛰어난 스펙도 없습니다. 수많은 도전에 낙방과 실패를 맛보았지만 이런 것들은 중요하지 않습니다. 중요한 것은 항상 미래에 대한 기대를 가지고, 노력한다면 성공할 수 있다고 믿으며, 자신을 증명해야 한다는 생각을 품고 있는 것입니다."

성공하는 사람과 보통 사람의 가장 큰 차이점은 무엇일까. 마윈 회장은 이렇게 확신한다.

"성공한 사람들은 항상 미래에 대해 희망을 품고 있습니다!"

그래서 마윈 회장은 사람을 선발할 때 학위는 별로 신경 쓰지 않는다고 한다. 그는 이렇게 강조했다.

"학위는 아무것도 증명해주지 않습니다. 누군가 박사 학위를 가졌다면, 그건 그 사람이 공부에 더 많은 돈을 투자했다는 뜻일 뿐입니다. 그 외에는 아무것도 말해주지 않습니다. 학위를 따고 10년에서 20년 후에 세상에 없던 훌륭한 무언가를 만들어낸 뒤에야 그 사람이 뛰어난 인재라는 것이 증명될 뿐입니다."

# 인간의 잠재력은 무한하다

뭔가를 하고자 하는 의지와 살아가야 할 존재 가치를 느낀다면 누구나 한번 살아볼만한 인생이다. 사랑받고 있다는 행복감을 느낀다면 누구나 삶을 아름답고 멋지게 가꿀 수 있다. 비록 능력은 부족하더라도 자신의 가능성을 발견하고 잠재 능력을 발굴한다면 위대한 삶을 살 수 있다. 물론 삶에 대한 꾸준한 동기 유발은 기본이다. 우리나라의 대표적인 기업인 현대그룹의 고(故) 아산 정주영 회장은 인간의 가능성에 대해 다음과 같이 말했다.

"나는 인간이 스스로 한계라고 규정짓는 일에 도전해 그것을 이루어내는 기쁨을 보람으로 여기고 오늘까지 기업을 해왔고, 오늘도 여전히 도전을 계속하고 있다. 인간의 잠재력은 무한하다. 이 무한한 잠재력은 누구에게나 무한한 가능성을 약속하고 있다. 나는 주어진 잠재력을 열심히 활용해서 '가능성'을 '가능'으로 만들었던 것이다."

창의적인 발상과 끊임없는 도전 정신, 불굴의 의지, 문제의 핵심을 찾아 집중하는 능력을 갖추면 우리는 잠재적 가능성을 현실로 바꿀 수 있다. 가능성이 현실이 될 때 우리의 행복 지수도 높아진다.

행복한 사람들의 특징은 무엇일까. 그들은 항상 개방적이고 자신을 업그레이드 하려는 성향이 높다고 한다. 그들은 모두 자신이 하는 모든 일에 적극적이고 도전적이다. 진취적인 사람은 어린 아이에게도 배우려는 자세가 되어 있다. 행복한 사람들은 자신의 고정된 틀을 지키려고 하지 않는다. 언제나 변할 마음의 준비를 하고 있다.

이런 덕분에 행복한 사람들은 사람들과 소통하는 것이 쉽다. 마음의 벽이 없고 자신을 발전시킬 수 있는 거라면 어떤 것이든 받아들이기 때문에 권위의식도 없다. 반대로 불행한 사람들은 이러한 소통이 안 되며 고집불통에다 꽉 막힌 사람이다. 소통이 어려운 사람들은 외로워질 수밖에 없다. 자기 발전도 없고 고인 물처럼 재능이 있었다고 하더라도 썩기 마련이다.


## 마음의 자세에 따라 인생은 달라진다

마윈 회장은 이런 열린 마음과 소통하는 힘, 그리고 낙관적이고 희망을 노래한 결과로 성공할 수 있었다. 인터넷이 한창 성장하던 1990년 초 인터넷의 성장과 가능성을 보고 인터넷 상거래를 이용한 새로운 마케팅 전략으로 현재와 같은 성장을 할 수 있었던 것이다.

사람마다 처한 환경과 상황은 조금씩 다르다. 그렇기 때문에 우리는 늘 새로운 일을 접하는 것이지 똑같은 일을 접하는 것이 아니다. 이런 상황에서 남은 어떻게 하는가를 생각하는 것이 도움이 되지 않는다. 왜냐하면 나의 지금 이 상황과 똑같은 상황을 만난 사람은 없기 때문이다. 우리가 가는 길은 늘 새로운 길이지, 남이 가 본 적이 있는 길이 아닌 것이다.

행복한 사람들이 원래 적극적이고 진취적인 DNA를 타고나서 그 유전자의 결과로 행복해지는 걸까. 아니면 모든 일에 긍정적이고 오픈 마인드라서 그 행동의 결과로 행복해지는 걸까. 그건 보는 관점에 따라 다르다. 하지만 분명한 건 일단 자신의 성격을 바꾸는 노력을 한다면 행복으로 가는 길은 멀리 있지 않다는 사실을 우리는 알 수 있다.

우리가 설사 행복한 DNA를 타고나지 못했다하더라도 이 행복해지는 열쇠를 이제라도 알면 충분하다. 지금이라도 알았다면 후천적으로라도 행복 유전자를 자기 속에 심어놓고 기르는 건 어떨까. '그래, 한번 해보자', '나도 할 수 있어', '내 안에는 무한한 가능성이 있어' 이런 마음으로 내 삶에 마중물을 넣고 힘차게 펌프질해 보자. 이렇게 우리가 세상일에 대해 어떤 마음의 자세로 대처하느냐에 따라 인생은 달라진다. 자, 여러분도 이제 자신의 인생을 바꿀 마음의 준비가 되었는가. 지금 당장 행복을 위한 펌프질을 시작해 보자. 〈끝〉

보다 나은 인간이 되기 위해 애쓰면서 사는 것보다
더 훌륭한 삶은 없다.
그리고 실제로 보다 나아지고 있다는 것을 느끼는 것보다
더 큰 만족감은 없다.

– 소크라테스

인성아, 어디 갔니?

초 판 1쇄 발행 | 2015년 10월 20일
초 판 2쇄 발행 | 2016년 05월 12일

지은이 | 서재홍
펴낸이 | 조선우 • 펴낸곳 | 책읽는귀족

등록 | 2012년 2월 17일 제396-2012-000041호
주소 | 경기도 고양시 일산동구 호수로 336 (백석동, 브라운스톤 103동 948호)

전화 | 031-908-6907 • 팩스 | 031-908-6908
홈페이지 | www.noblewithbooks.com • E-mail | idea444@naver.com

출판 기획 | 조선우 • 책임 편집 | 조선우
표지 & 본문 디자인 | twoesdesign

값 12,000원 • ISBN  978-89-97863-35-8  (43810)

이 도서의 국립중앙도서관 출판예정도서목록(CIP)은 서지정보유통지원시스템 홈페이지
(http://seoji.nl.go.kr)와 국가자료공동목록시스템(http://www.nl.go.kr/kolisnet)에서
이용하실 수 있습니다. (CIP제어번호: CIP2015025807)